CW0052471

7

www.tredition.de

Diethard Dr. Friedrich

Kein langweiliges Leben 2/ 3

Glücklich in Finnland

www.tredition.de

Verlag und Druck: tredition GmbH,
Halenreie 40-44,
22359 Hamburg

ISBN
Paperback: 978-3-7439-7366-4
Hardcover: 978-3-7439-7575-0
E-book: 978-3-7439-7697-9

Inhaltsverzeichnis:

Auf nach Finnland..8

Finnlands Geschichte und Sprache........................13

Der Start an der Universitäts-Frauenklinik, Naistenklinikka..17

Der Ausländer..22

Erst Praktikant, dann Anästhesist........................25

In Finnland lebt man anders................................37

Die finnische Sprache..42

Die ersten kollegialen und freundschaftlichen Kontakte..50

Ostrobotnia, der Studententreffpunkt................56

Pilot über Helsinki..61

Finnland und der Alkohol......................................65

Auto verschenkt, aber Arzt für Autorennen..........74

Die Bewerbung..79

Porvoo oder Burg am Fluss..................................82

Das Krankenhaus von Porvoo..............................84

Meine erste Wohnung..87

Neue Freunde, Nachbarn und Kollegen................90

Lachsangeln an historischem Ort........................97

Arzt im Kreiskrankenhaus von Porvoo 103

Examen auf finnische Art 116

Mein erster Urlaub 123

Matrimonium 127

Warum Gynäkologie? 142

Der Sohn meldet sich an 145

Lappeenranta-Villmanstrand 148

Kotka 155

Das finnische Gesundheitssystem 164

Poliklinik, Privatpraxis und kommunaler Dienst. 168

Der Leichenzug 177

Unsere Kinder Johan und Christina 180

Aus einem Deutschen wird ein Finne 183

Zurück in der Uni-Frauenklinik, *Naistenklinikka*. 185

Das Sommerhaus, Mökki auf Finnisch 202

Deutschland oder Finnland? 218

Auf nach Finnland

Die alten, von meiner Mutter geerbten Möbel konnte ich aufgrund einer Kleinanzeige in Hamburg gut verkaufen. Einige alte Gläser, die ich heute vermisse, nahm ein Trödelhändler. Aber als Junggeselle, nun ohne festen Wohnsitz, war ich gezwungen, mein Hab und Gut zu verkleinern. Zwei Bücherkisten bekam mein Freund Willi zur Aufbewahrung. Zwei alte Sessel und andere Sachen, die schon vom Sperrmülltag stammten, kamen auch wieder dorthin. Das geschundene Klavier, ein IBACH, verschenkte ich an einen Vater, dessen Tochter vor Freude strahlte. Meine persönlichen Kleider und das kleine Akkordeon Hohner Student 4, was mich seit meinem achten Lebensjahr begleitet hatte, kamen in meinen klapprigen DKW mit Zweitakter-Motor. Verabschiedet hatte ich mich schon an den Vortagen. Und auf ging es Anfang Juni 1969 nach Travemünde. Dort wartete das alte Fährschiff, die Finnhansa am Skandinavien Kai. Die Reederei der Finnlines war damals noch im finnischen Besitz. Die Finnhansa war ein für heutige Verhältnisse kleineres Passagierschiff, das im Wechsel mit der Finnpartner den Fährdienst hauptsächlich für Touristen, Geschäftsleute und LKW-Transport übernahm. Container wurden damals noch nicht befördert. Die Kabinen waren großräumig, die Unterhaltung an Bord ebenso wie die Mahlzeiten gut. Im Gegensatz zu heute dauerte die Reise nicht nur 26 Stunden, sondern zweieinhalb Tage und war ein richtiges Erlebnis. Nachdem ich mich in meiner Kabine eingerichtet hatte, ging ich an Deck, um bei der Ausfahrt auf der Trave noch einen Blick auf Travemünde mit seiner alten Kirche, den alten kleinen

Leuchtturm und schließlich auf das hohe, von See her kilometerweit sichtbare Maritim-Gebäude direkt am Strand und auf die Leuchtboje an der Travemündung zu werfen. Heimweh hatte ich nicht. Doch ich spürte, dass nun ein neuer Lebensabschnitt begann.

Nach einem kleinen Erholungsschlaf bestellte ich mir einen Drink, suchte mir einen Fensterplatz im Aufenthaltsraum und schlug meine kleinen Lehrbücher der finnischen Sprache auf. Um diese überhaupt in einer Buchhandlung Hamburgs zu finden, hatte ich viel Zeit benötigt, denn sie waren nirgendwo erhältlich. Nur nach mühseligem Suchen fand ich schließlich ein kleines Lehrbuch für Deutsch-Finnisch, das in der damaligen DDR gedruckt worden war. Schließlich fand ich noch ein etwas größeres Sprachlehrbuch in Englisch-Finnisch. Das zu lesen, war am Anfang etwas schwierig und gewöhnungsbedürftig. Auf der anderen Seite lernte ich so auch gleich etwas mehr die englische Sprache. Aber trotz aller sprachlichen Vorbereitungen, waren meine Kenntnisse im Finnischen bei meiner Ankunft minimal Als ich nachmittags mit meinem kleinen Lehrbuch der finnischen Sprache in der Hand einen Kaffee trank, setzte sich ein sehr freundlicher älterer Herr an meinen Tisch, der sehr gut Deutsch sprach und sich im Laufe des Gespräches sehr ausführlich nach dem Grund meiner Reise erkundigte. Dabei berichtete ich ihm, dass ich als Stipendiat für eine begrenzte Zeit an die Frauenklinik in Helsinki ginge. Als wir uns verabschiedeten, betonte er, dass er bereit sei, mir gern zu helfen, wenn ich beruflich Schwierigkeiten hätte. Dabei gab er mir seine Visitenkarte. Erst später begriff ich, wer denn dieser Herr war. Es handelte sich um den in Finnland wohlbekannten und einflussreichen Professor Leo Noro, der als Präsident der Ärztekammer Finnlands deren Geschicke viele Jahre gelenkt hatte. Gut, im Hintergrund eine solche Adresse zu haben. Allerdings ging er bald darauf in Pension. Am dritten Tag meiner Schiffsreise ging ich morgens extra früh zum Frühstücksbufett, um rechtzeitig die Einfahrt nach Helsinki durch die Schären zu erleben, vorbei an den größeren Inseln mit der Festung *Suomenlinna* und den kleineren Inseln bis zu den beiden Kais *Olympialaituri* und *Magasiinilaituri* direkt vor der Markthalle im Südhafen *Eteläsatama*. Hier im Südhafen, direkt vor dem großen Marktplatz mit dem Haus des Präsidenten wurden früher sämtliche Passagierschiffe abgefertigt. Heute nur noch zum Teil ebenso wie auf der gegenüberliegenden Seite des Hafenbeckens am *Katajannoka*. Heute kommen nicht nur die Frachtschiffe, sondern auch die Passagierschiffe aus Deutschland leider am Industriehafen *Vuosaari* weit außerhalb der Stadt an. Aber neben diesen kleinen und großen Inseln gibt es noch viele kleine namenlose Inseln, die man eher als Felsenansammlung im Meer bezeichnen kann, die nur für den Schiffverkehr markiert sind. Die größte Insel *Suomenlinna*, auch *Viapori* in der finnischen Sprache genannt, liegt direkt nur wenige Meter von der Fahrrinne entfernt. Die Passagiere wundern sich jedes Mal, dass die finnischen Kapitäne ihre so großen Schiffe überhaupt durch eine so kleine Fahrrinne so dicht an den Inseln vorbei manövrieren können. Die große Festungsanlage Suomenlinna wurde 1748 im Zusammenhang mit anderen Verteidigungsmaßnahmen wie in *Lovisa* von den Schweden gebaut, nachdem sie große Teile Finnlands wenige

Jahre zuvor an die Russen verloren hatten. Der schwedische Baumeister Ehrensvärd richtete sich dabei nach französischen Vorbildern, die er auf originelle Weise veränderte. Die Architektur der Fassaden der Kasernen und der Festungstore zeigen Elemente des Barocks. Die Zwiebeltürme der später durch die Russen im neunzehnten Jahrhundert erbauten orthodoxen Kirche wurden 1918 wieder abgebaut, als die Kirche lutherisch wurde. Die Festung *Suomenlinna* gehört seit 1991 zum UNESCO- Welterbe. Auf der kleinen Insel *Valkosaari,* die fast im Hafen liegt, gibt es ein sehr nettes Sommerrestaurant, wo man nicht nur gut essen sondern auch nach der Musik eines kleinen Orchesters, das nur typische finnische Schlager spielt, tanzen kann. Ein kleines Fährboot transportiert die Gäste vom Südhafen hin und her.

Nach nur kurzer Inspektion meines Autos bekam ich einen Einreisestempel in meinen deutschen Pass und konnte meine Fahrt in Richtung *Naistenklinikka* (Frauenklinik) fortsetzen. Schwierigkeiten beim Fahren hatte ich nicht, da mir die Stadt für Hamburger Verhältnisse fast menschenleer vorkam. Meine Ankunft war nur gut eine Woche vor Mittsommer, wenn alle Skandinavier, man kann auch sagen halb Finnland, hinaus aufs Land fahren, um ihr Sommerhaus auf die bevorstehende Feier vorzubereiten. Ich meldete mich bei Professor Vara an, der in einem Nebenhaus der Klinik wohnte, und wurde herzlich begrüßt. Nach einem kleinen Plausch zur Anreise und einem Telefonat holte mich die Oberschwester in dunkelblauer Schwesternkleidung persönlich ab und zeigte mir mein Zimmer für die erste Nacht im Fornix, einem Anbau der Frauenklinik. Dort kam ich mir nicht fremd vor, da ich ein paar Jahre zuvor dort schon einmal bei einem Besuch der Hamburger Frauenklinik übernachtet hatte. Mein Auto entlud ich aber nicht, da man mir gesagt hatte, dass ich am Folgetage in mein endgültiges Zimmer ziehen sollte. Das war aber dann zu meiner Überraschung eine große, leerstehende Wohnung in einem Nebengebäude der Klinik, in der man mir ein Zimmer möbliert hatte. Obwohl ich ja nur für ein halbes Jahr nach Finnland gekommen war, sollte diese Wohnung für die nächsten 15 Monate mein Zuhause werden.

Finnlands Geschichte und Sprache

Auch wenn Finnland heute zur Europäischen Union gehört, kennen viele Menschen Finnland nicht und wissen nichts über dessen Geschichte. Das erging mir genauso, bis ich 1964 von Professor Thomsen von der Universitäts-Frauenklinik in Hamburg- Eppendorf den Auftrag bekam, ein Programm für eine größere Gruppe von finnischen Dozenten unter der Leitung von Prof. Vara mit seinen Studenten zu entwickeln. Zwei Semester später kam es dann zu einem Gegenbesuch. Von beidem habe ich im ersten Teil meiner Erinnerungen berichtet. Nun musste ich mich über Finnland genauer informieren.

Finnland ist mit seinen 338.000 qkm das östlichste Land Skandinaviens. Mit seiner Lage zwischen dem 60. und 70. Breitengrad zählt es auch zu den nördlichsten Ländern der Erde. Im Norden grenzt es mit kürzerer Grenze an Schweden und Norwegen und im Osten mit weit über 1200 km an Russland. Ursprünglich gab es bis zum Ladogasee, also weit in das heutige Russland hinein, eine finnisch sprechende Bevölkerung. Im Südwesten liegen die autonomen Aland-Inseln Finnlands, deren Bevölkerung schwedisch spricht. Es ist ein zweisprachiges Land aufgrund seiner Zugehörigkeit zu Schweden bis zum Jahre 1809. Zu etwa 93 Prozent wird finnisch und zu etwa 6 Prozent heute noch schwedisch gesprochen. Der Rest spricht samisch, die Sprache der Lappen mit etwa 2000 oder russisch von ca. 20.000 Sprechern. Auch tatarisch sprechen etwa 1000 Bürger. Rund 6000 Sinti und Roma sprechen ihre Sprache. Die offiziellen Amtssprachen sind finnisch und schwedisch, was meist an den Küsten und auf den Inseln des

Bottnischen Meerbusens verbreitet ist. Jeder hat das Recht, in seiner Muttersprache bzw. in den beiden Amtssprachen in Krankenhäusern oder bei Ämtern gehört zu werden. Wenn man wissen will, ob in einem Ort oder einer Region mehr schwedisch oder finnisch gesprochen wird, sollte man auf die Straßenbezeichnungen achten. Die Sprache, die mehrheitlich in einer Region gesprochen wird, steht oben und darunter die der Minderheit. Heißt also die Poststraße *„postikatu"* oben und darunter *„postgatan"* unten, sind die schwedisch Sprechenden in der Minderheit. Dies wird konsequent durchgeführt. So muss ich jedes Mal schmunzeln, wenn ich in Helsinki am Hauptpostamt oben am First in meterhohen Lettern auf Schwedisch *„Post"* lese und dann dort daneben *„Posti"* auf Finnisch für die, die es immer noch nicht kapiert haben.

Finnisch wird zu der finnisch-ugrischen Sprachfamilie gezählt. Östlich des Urals gibt es noch viele Völker dieser Sprachgruppe. Insgesamt werden ca. 25 Millionen Menschen zu dieser Sprachfamilie gezählt. Man weiß heute, dass durch die unterschiedlichsten Kontakte schon sehr früh indogermanische Ausdrücke in diese Sprachen gekommen sind. Gemeinsam ist ihnen allen, dass sie sehr viele Suffixe und Postpositionen haben. So heißt es im Finnischen nicht „im Haus", sondern „Haus im" (*talo*-Haus; *talo/ssa*-). Auch kennen alle Sprachen kein grammatikalisches Geschlecht und keine Zukunft. Also müssen sie das Futur auf Umwegen zum Ausdruck bringen. Auch ein Wort für „haben" kennt man nicht. Stattdessen sagt man „mir ist" oder eine ähnliche Wortkonstruktion. Wovor die meisten Nichtfinnen Angst haben, sind die Unmengen an

„Fällen" oder besser Kasus. Um es noch ein wenig komplizierter zu machen, verändern diese Sprecher wie die Finnen bei einer Verneinung oder Negation nicht das Verb, sondern das Subjekt. Das Verb *mennä* heißt gehen im Infinitiv. „Ich gehe nicht" heißt dann *en mene,* „du gehst nicht" heißt *et mene „* er geht nicht" *ei mene* und so weiter. Auffällig ist auch die hohe Anzahl an Vokalen und Diphthongen, die häufig auch noch verdoppelt werden. Finnen haben Schwierigkeiten, zwei aufeinanderfolgende Konsonanten auszusprechen. Den Namen Kristina sprechen sie beispielsweise mit „Ristina" aus. Nun soll man ob so einer großen Vielfalt keinen Schreck bekommen. Die Sprache ist durchaus erlernbar, denn ist in vielen Dingen sehr logisch. Ausgesprochen wird die Sprache, wie sie geschrieben steht.

Doch zurück zur Geschichte Finnlands, das erstmalig 1155 von den Schweden erobert wurde. Schließlich wurde es im Jahr 1284 schwedisches Herzogtum. Die Finnen aber durften sich seit 1362 an der schwedischen Königswahl beteiligen. Anfang des 16. Jahrhunderts breitete sich auch In Finnland die Reformation aus. Hauptinitiator war Michael Agricola, der in Wittenberg bei Luther studiert hatte und 1544 die Übersetzung der Bibel in finnischer Sprache herausbrachte. Dies war ein wichtiger Schritt für die Entwicklung der finnischen Sprache. 1581 wurde Finnland schwedisches Großfürstentum. Aber auch der große Nachbar im Osten zeigte Interesse an Finnland. So wurde in mehrfachen Fehden zwischen dem schwedischen und dem russischen Reich die Ostgrenze hin- und hergeschoben. Schließlich wurde 1809 Finnland ein Großherzogtum des russischen Reiches, aber mit größerer Selbstständigkeit als das schwedische Reich jemals gewährt hatte. Schon 1906 wurde im Zuge einer Parlamentsreform das allgemeine aktive und passive Wahlrecht auch für Frauen eingeführt. Als 1917 in Russland die Oktoberevolution begann, erklärte Finnland seine Unabhängigkeit und führte die Staatsform der Monarchie ein. Ein deutscher Prinz sollte König werden, der aber diese Position nie angetreten ist. Denn diese Staatsform währte nicht lange. Es kam zum Bürgerkrieg und Finnland wurde 1919 eine Republik. Später kam es von 1939 bis 1940 zum sogenannten Winterkrieg mit Russland und danach noch einmal von 1941 bis 1944. Mitglied der Vereinten Nationen wurde es 1955 und der UNESCO 1956. Seit 1995 gehört Finnland zur Europäischen Union. In diesem Land, was man größenmäßig mit der alten Bundesrepublik Deutschland vergleichen kann, leben heute 5,2 Millionen Einwohner, von denen heute 500.000 in der Hauptstadt Helsinki im Süden wohnen. Die wenigen größeren Städte sind schnell aufgezählt wie die älteste Stadt Turku im Südwesten Finnlands, Tampere, die Industriestadt, Jyväskylä und Kuopio in der Mitte, Joensuu und Lappeenranta im Osten und Oulu im Norden. Selbst solche bekannten Orte wie Kemi und Rovanniemi haben nur relativ wenige Einwohner

Der Start an der Universitäts-Frauenklinik, Naistenklinikka

Der Komplex der Universitätskliniken *Meilahti* liegt im Nordwesten der Stadt etwa 3 bis 4 km vom Stadtzentrum entfernt von einer Meeresbucht nur durch eine Straße getrennt und unweit der bekannten Museumsinsel *Seurasaari*. Die Universitäts-Kliniken, die sämtliche medizinischen Fakultäten beherbergen, wurden nach den modernsten Erkenntnissen nach dem letzten Weltkrieg gebaut unter Einbezug des älteren Gebäudes der Frauenklinik. Unter dem großen Gebäudekomplex befinden sich bis zu hundert Meter tief in den Felsen geschlagene, riesige Räume, in denen ein Großteil der Bevölkerung Helsinkis im Falle eines Atomkrieges sicher untergebracht werden könnte. Sämtliche Kliniken sind unterirdisch durch Tunnel verbunden, die auch mit kleinen Transportautos befahren werden. Diese Tunnel findet man aber auch wegen der winterlichen Wetterverhältnisse häufig nicht nur in Kliniken. Auch Parkräume für Autos können tief im Felsen liegen. Die Frauenklinik als älteres Gebäude hat zwar keinen Schutzkeller, aber eine Tunnelverbindung zu den anderen Kliniken und, wie kann es in Finnland anders sein, eine mit Holz zu beheizende Sauna. Doch davon soll auch noch später berichtet werden.

Von meiner neuen Wohnung im Seitentrakt der Frauenklinik waren es nur wenige Schritte durch zwei Türen, um zum Vorraum des Sekretariats von Professor Vara zu gelangen. In diesem saalartigen Vorraum grüßten von den

Wänden die gut gerahmten Portraits der emeritierten Klinikchefs. Bis heute ist es in der Frauenklinik von Helsinki üblich, zur Verabschiedung eines leitenden Arztes ein Portrait des Chefs oder der Chefin von einem renommierten Maler anfertigen zu lassen. Die Kosten werden durch die Spenden der untergeordneten Ärzte, deren Lehrer oder sie gewesen sind, gedeckt. Die Spender erhalten dann später eine Fotokopie in Kleinformat mit einer Widmung. Freundlich nahm mich die viersprachige Sekretärin in Empfang. Als Chefsekretärin eines Professors mit internationalen Verbindungen gehörte die Sprachenvielfalt dazu. Noch ein paar nette Worte mit meinem Gönner. Dann stellte mir ein jüngerer Kollege die ganze Klinik vor.

Die etwa hundertjährige Frauenklinik, Teil der Universitätskliniken *Meilahti,* ist die zweitgrößte Frauenklinik Europas. Die größte Frauenklinik ist in Athen. Die Klinik ist ein zusammenhängendes, vierstöckiges Gebäude mit drei Nebengebäuden, dem „Fornix" für die Studenten, der Dienstwohnung für den Klinikleiter und einer weiteren Wohnung, wohl für die Familie der leitenden Oberschwester. Diese Räumlichkeiten wurden aber nicht genutzt und waren später mein Domizil und das eines anderen Kollegen. Über den Räumen die Poliklinik, in der jährlich bis zu einhunderttausend Patienten behandelt werden, liegen in mehreren Stockwerken die einzelnen Stationen, von denen es rund zwanzig gibt. Neben den Abteilungen für Radiologie, Pathologie mit Histologie sowie Endokrinologie und der Laborabteilung im allerobersten Stock gab es noch den früher integrierten Operationstrakt und die Kreißsäle für etwa achttausend Entbindungen pro Jahr.

Beides, Operationssäle und Kreißsaal Trakt, wurden während meiner Zeit neu gebaut. Die Eröffnung durfte ich miterleben. Sie waren das Modernste, was es in Europa zu der Zeit gab. Das hatte zur Folge, dass wir ständig nicht nur Besucher aus europäischen Ländern, sondern auch aus Japan hatten. Während es noch im alten Gebäude einen richtigen Entbindungssaal mit bis zu zwölf Betten gab, waren es nun sehr viele einzelne Räume, zum Teil mit kleinem Neben- und Aufenthaltsraum für den Vater. Außer weiteren Schulungs- und Funktionsräumen gab es auch direkt unmittelbar in dem Komplex eine Intensivstation für Frühgeborene, um einen sofortigen Transport zu vermeiden, obwohl die Kinderklinik in unmittelbarer Nachbarschaft lag. Ein Aufzug führte vom Kreißsaal direkt in einen Operationsraum, der nur für den Kaiserschnitt vorbehalten war.

Als ich 1969 dort anfing, gab es im alten Kliniktrakt im zweiten Stock noch drei Operationssäle, in denen jeweils zwei OP-Tische standen. Außerdem waren daneben noch ein paar Funktionsräume. Man mag es nicht glauben, aber bei zwei der Operationsräume konnte man die Fenster zur Straße *Haartmaninkatu* weit öffnen. Und da die Sommertage auch in Finnland sehr heiß sein können und da es keine Klimaanlagen gab, öffneten wir sie auch weit. Ein Anstieg der Infektionen war aber nicht zu verzeichnen. Doch mit geöffneten Fenstern war dann in der neuen Abteilung Schluss. Die acht oder zehn großen und weiteren kleinen Räume waren fensterlos. Dort konnte man nicht nur die automatische Klimaanlage nachregulieren, sondern auch von der Schwester während der Operation schon in den siebziger Jahren das passende Radioprogramm sich einstellen lassen, was in Deutschland unmöglich gewesen wäre. Neben einem Vorlesungssaal mit etwa zweihundert Plätzen, wie es sich an einer Uni gehört, gab es auch eine mehrräumige große Bibliothek, die von einer Bibliothekarin verwaltet wurde. In sämtlichen finnischen Krankenhäusern, in denen ich später gearbeitet habe, gab es immer eine große und auch mehrsprachige Bibliothek, die jeder Interessierte auch nachts bei Bedarf betreten konnte. Auf den Stationen, die etwa für dreißig Patientinnen eingerichtet waren, gab es sowohl Zwei- als auch Vierbettzimmer. Je nach Aufgabenbereich arbeiteten auf einer Station in einer Schicht ca. vier Vollschwestern und drei bis vier Hilfsschwestern. Neben der leitenden Stationsschwester hatte auch eine Stationssekretärin, die sich um den ganzen Papierkrieg kümmerte, ihren eigenen Schreibtisch. Die Vollschwestern trugen eine freundliche, hellblaue Berufskleidung und auf dem Kopf ein kleines weißes Häubchen, was man in Deutschland gerade abschaffen wollte. Die Krankenschwestern besaßen ausnahmslos das Abitur und hatten drei Jahre lang eine Fachhochschule besucht. Bei den Hilfsschwestern setzte man einen zweijährigen Besuch der Fachschule voraus. Heute gibt es den Bachelor-oder den Masterabschluss.

Nach diesem Rundgang durch das Haus war es auch Zeit, in die Bibliothek zu gehen, wo sich sämtliche Ärzte regelmäßig ab 11 Uhr morgens zu einem kleinen Brunch und zum fachlichen Gedankenaustausch trafen. Dort fanden dann auch ein bis zwei Stunden später die „Meetings" zu verschiedenen Themen an jedem einzelnen Tag statt. Hier wurde ich nun allen Ärzten vorgestellt, was am Anfang immer verwirrend ist. Dabei stellte ich aber fest, dass es in der Frauenklinik eigentlich zwei Kliniken gibt, die auch zwei leitende Chefs haben. Warum das so ist, weiß ich bis heute nicht. Aber alle kamen gut miteinander aus und Konkurrenzkampf habe ich dort nie erlebt, auch später nicht. Anschließend gab man mir Zeit, mich um meine organisatorischen Dinge zu kümmern. Am nächsten Tag sollte ich mich auf der Station 6, auf der ich auf meiner Rundtour auch schon kurz war, einfinden. Arbeitsmäßig und rechtlich bekam ich den Status eines *Amanuenssi*, was in etwa in Deutschland dem eines Praktikanten im klinischen Semester entspricht, nur mit mehr Befugnis und mehr Aufgaben. Doch lang sollte ich das nicht bleiben.

Der Ausländer

Zwar hatte ich in meinen Pass einen Einreisestempel bekommen. Das reichte aber nicht, denn Finnland war 1969 noch meilenweit davon entfernt, einmal Mitglied der Europäischen Union zu werden. Es gehörte aber zur EFTA. Hierbei handelte es sich um ein Freihandelsabkommen zwischen Österreich, der Schweiz, Portugal, Großbritannien und den skandinavischen Ländern Dänemark, Schweden, Norwegen und Finnland, was später in Teilen von der EU geschluckt wurde. Es war auch die Zeit des „Kalten Krieges" und so hatte Finnland nolens volens mit der damaligen Sowjetunion einen Freundschaftsvertrag geschlossen, wie am Hafen auf einem großen Monument gut sichtbar zu lesen war. Aber nicht nur dort gab es Grenzen, sie gab es in ganz Europa. Grenzkontrollen und zum Teil auch Visa waren für mich und meine Generation auch innerhalb Europas völlig normal, auch wenn sie öfters ärgerlich waren. Da ich nun in Finnland offiziell arbeitete und dafür anfangs ein Stipendium bezog, reichte ein Touristenvisum nicht aus. So benötigte ich eine schriftliche Arbeitsgenehmigung. Das hierfür zuständige Amt war in einem Haus in der Annastraße, *Annankatu,* im ersten Stock. Dort angekommen gab man mir ein großes Formular zum Ausfüllen, aber nur in finnischer und schwedischer Sprache. Als ich den Beamten auf Deutsch und auf Englisch bat, mir beim Ausfüllen behilflich zu sein, stellte dieser sich stur. Von Hilfe konnte bei dieser Ausländerbehörde keine Rede sein, alles andere. So spürte ich am eigenen Leibe zum ersten Mal in meinem Leben, wie man sich fühlt, wenn man nicht die Landessprache spricht und nicht gerade willkommen ist. Also wurschtelte ich mich durch das Formular mit Hilfe der schwedischen Ausdrücke, die ja dem Niederdeutschen ziemlich ähnlich sind. Als ich dann nochmals zu dem Beamten mit dem halb ausgefülltem Formular ging, fuchtelte der nur wild in der Luft herum und versuchte mir irgendetwas zu sagen. Daraufhin hielt ich ihm die in deutscher Sprache geschriebene Einladung von Professor Vara, aber mit dem finnischen Briefkopf der Universitätsfrauenklinik samt Anschrift und Telefonnummer unter die Nase. Das half sofort. Er wählte die Nummer im Briefkopf an, sprach kurz etwas, was ich in Unkenntnis der Sprache nicht verstand, und wurde sofort höflicher und kooperativer. Nicht lange dauerte es und ich bekam meinen Stempel zum Aufenthalt und zur Arbeitserlaubnis. Aber ohne diesen Brief, den ich heute noch in meinen Akten habe, wäre mein Start als Ausländer in Finnland sehr viel schwerer gewesen. Dann ging es zu einer Bank, um ein Konto zu eröffnen. Dort war das ebenfalls nicht sehr einfach, auch weil ich die Sprache nicht verstand. Ohne eine Einzahlung konnte man auch kein Konto eröffnen. Wieder ein großer Papierkrieg, bei dem man mir jedoch half. Während man in Deutschland teils sein Geld in bar ausgezahlt wurde, war in Finnland die Zahlung auf ein Konto obligat. Die Filiale lag nur wenige Meter von der Frauenklinik entfernt.

Rund neun Jahre später bekam ich noch einmal zu spüren, was es heißt, ein Ausländer zu sein. Ich war nach Deutschland zurückgekommen, diesmal nicht als Junggeselle, sondern mit meiner Familie, diesmal mit finnischem Pass, den ich mittlerweile erworben hatte. Wieder ging es um die Arbeitserlaubnis, deren Antrag seitenweise auszufüllen war. Alles diesmal in deutscher und englischer Sprache. Diesmal konnte ich das Formular ohne Schwierigkeiten ausfüllen. Mit der Arbeitserlaubnis war auch die Aufenthaltserlaubnis verbunden, die jährlich, später in größeren Abständen, verlängert werden musste. Doch das war eben nur Papierkrieg. Die Krönung aber war, dass ich, der ich selbst unter anderem auch in Finnland als Amtsarzt tätig gewesen war, bei meinem Arbeitsantritt in Cuxhaven nun selbst samt Familie vom dortigen Amtsarzt vorgeladen wurde, der uns sehr freundlich begrüßte. Nachdem wir alle, meine Frau, meine beiden Kinder und ich, körperlich untersucht worden waren und der Impfschutz, der in Finnland übrigens viel konsequenter durchgeführt wird, abgeglichen war, bat uns der Amtsarzt noch um eine Blutprobe. Als ich ihn dann kollegial fragte, wofür denn diese Untersuchung sein solle, druckste er schamhaft sich entschuldigend herum, die Probe würde auf Syphilis untersucht. Ich lachte nur ob solcher Gründlichkeit und hielt ihm meinen entblößten Arm hin. Einmal Ausländer - immer Ausländer, könnte man sagen.

Seit Finnland zur Europäischen Union gehört und auch den Euro eingeführt hat, gibt es für mich und meine Familie keinerlei Schwierigkeiten mehr. Wir sind Bürger der Union geworden. Nur an der Bundestagswahl dürfen wir nicht teilnehmen, obwohl wir schon viele Jahrzehnte hier leben. Dies sollte für alle EU-Ausländer, die hier ihren ständigen Wohnsitz über Jahrzehnte haben, möglich sein. Obwohl in Pässen der Wohnsitz nicht angegeben wird, bekommen wir weder in Finnland noch in Deutschland einen Personalausweis. Wir können uns also nicht vollständig ausweisen.

Erst Praktikant, dann Anästhesist

Während ich noch in Hamburg- Eppendorf in der Chirurgie meinen eigenen weißen Kittel trug, zeigte man mir gleich beim ersten offiziellen Arbeitstag in Helsinki einen großen Umkleideraum, in dem sich weiße Kittel, weiße Hosen und einfache weiße Leinenhemden zum freien Gebrauch geradezu türmten. Für die Operationsabteilungen gab es noch zusätzliche Umkleideräume mit steriler OP-Kleidung. Nun frisch eingekleidet, auf der linken Brustseite des Kittels das Emblem der Uniklinik HYKS, das jeder Bürger kannte, ging es zur Station 6, einer Abteilung der allgemeinen Gynäkologie. Die Stationsärztin Seija begleitete mich. Sie war eine kleine, sehr temperamentvolle, etwa 35jährige Ärztin von der Westküste Finnlands. In dieser Region gibt es eine weitverbreitete evangelische Sekte, die Schwangerschaftsverhütungen grundsätzlich ablehnt. Darum sind dort bis zu zwölf Kinder völlig normal. Kaum hatte ich mich mit meinem Namen vorgestellt, hakte sie sofort in gutem Deutsch nach: „ Wie heißt Du? Diethard? Den Namen kann ich nicht aussprechen und schon gar nicht mir merken". Nach einer Weile platzte es aus ihr heraus: „Du kennst doch Hermann, den Cheruskerfürsten"? Ich nickte etwas verblüfft über ihre Geschichtskenntnis. Schließlich hatte ich ja bei einer Klassenfahrt das Hermanns Denkmal im Teutoburger Wald schon besucht und selbst gezeichnet. „Bei uns heißen alle Deutschen Hermann", ergänzte sie. „Wir nennen Dich auf Finnisch Hermanni". Und bei diesem Namen blieb es dann, eigentlich bis heute, wenn ich Post aus Finnland bekomme oder die Klinik einmal wieder besuche. Doch die Geschichte ging weiter. Denn auch in Finnland gibt es nicht nur einen Vornamen, sondern auch einen Nachnamen. „Und wo kommst Du her, wo hast Du studiert", fragte sie weiter. „In Hamburg", antwortete ich. „Dann bist Du ein Hamburger", meinte sie und ergänzte auf Finnisch *hampurilainen*. Es dauerte nicht lange und ich hieß *Hermanni Hampurilainen,* zu Deutsch Hermann (der) Hamburger. Da mich später alle Kollegen so nannten, dachten auch ein paar Jahre später die Schwestern, als ich wieder in der Frauenklinik arbeitete, dass dies mein richtiger Name sei und trugen mich unter diesem Pseudonym offiziell in das Operationsbuch ein. Doch zunächst sollte ich der leitenden Stationsschwester und den anderen Schwestern vorgestellt werden. Dann ging es gemeinsam zur Visite, die eigentlich nicht anders war als in Deutschland, nur dass ich kein einziges Wort verstand bis auf die Diagnosen und teilweise auch die operativen Eingriffe.

In Finnland sind die Diagnosen grundsätzlich in lateinischer Sprache abgefasst ebenso wie die Operationen lateinisch bezeichnet werden. Ein Bruch des linken Ellenbeins heißt dann „ fractura ossii ulnaris laterum sinistrum" und die operative Entfernung des rechten Eileiters beschreibt man mit „exstirpatio tubae uteri laterum dextrum". Das hat den Vorteil, dass mit nur minimalen Kenntnissen der lateinischen Sprache das Wichtigste zumindest irgendwie verstanden wird. Mir ist es später in meinem ärztlichen Beruf passiert, dass eine Patientin aus dem Ausland Unterlagen in einer Sprache dabei hatte, die ich überhaupt nicht verstand. Sie war eine Polin, die mir einen medizinischen Bericht unter die Nase hielt. Slawische Sprachen sind mir fremd. Aber dank der auch in Polen wohl damals üblichen Nutzung der lateinischen Sprache verstand ich das Notwendigste und konnte ihr helfen.

In den nächsten Tagen war ich nur Mitläufer, passte auf und hörte zu. Und die Schwestern beschäftigten mich mit kleinen Aufgaben wie Infusionen legen, Verbände wechseln und ähnlich typischen Aufgaben. Dabei sprachen sie grundsätzlich bis auf die ersten Tage nur finnisch mit mir. Zwischendurch nahm mich Seija mit in den Operationssaal, wo ich ihr assistieren durfte. Das tat sie aber nur, damit ich die Operation besser verfolgen konnte. Denn normalerweise operiert ein finnischer Arzt allein nur mit einer Instrumentierschwester zusammen, die gleichzeitig auch assistiert. Gegen 11 Uhr wurde von den meisten Ärzten die Routinearbeit unterbrochen, um sich für mindestens eine halbe Stunde in der großen Bibliothek zum Lunch, auf Finnisch *Lounas*, einzufinden. Im Anschluss daran war meistens wie schon beschrieben ein „Meeting" zu einem bestimmten Thema. Freitags traf man sich stets in der Mittagszeit im Hörsaal, um gemeinsam mit der gesamten Ärzteschaft, aber auch den leitenden Schwestern und Hebammen, wichtige Dinge zu besprechen, Vorlesungen zu hören oder auch aufmerksam die Dissertationen, die öffentlich waren, zu verfolgen. Meist wurde die Mannschaft ab 14 Uhr etwas unruhiger. Am Anfang wusste ich nicht warum, bis mir langsam klar wurde, dass tatsächlich um 14.20 ganz offiziell Feierabend war. Für mich war das, der ich in Hamburg nie vor 17 Uhr die Klinik verlassen hatte, zunächst unvorstellbar. Aber es stimmte. Schon im Jahr 1969 galt für finnische Ärzte eine offizielle Arbeitszeit im öffentlichen Dienst von 34,5 Stunden pro Woche. Heute sind es wieder 38,25 Stunden. Und da mit den wenigen

Stunden niemand ausgelastet war, gingen nach der Klinikarbeit noch viele Ärzte anschließend in die Praxis in einem privaten Ärztezentrum, um noch ein wenig dazu zu verdienen.

Offiziell sollte ja meine Praktikantenzeit für ein halbes Jahr gehen. Aber nach nur wenigen Monaten trat die Professorin und Chefin der Anästhesie Inkeri an mich heran, ob ich nicht eine Assistentenstelle in der Anästhesie übernehmen wolle. Ich war völlig überrascht, denn nach deutschen Gesetzen durfte ich erst nach meinem Staatsexamen und anschließender Ableistung einer zweijährigen Medizinalassistentenzeit die Approbation und Erlaubnis zur selbstständigen ärztlichen Tätigkeit erhalten. Aber das war und ist in Finnland anders geregelt. Erstens kann schon jeder Medizinstudent in den klinischen Semestern auf Antrag und mit Genehmigung der finnischen Ärztekammer begrenzt ärztlich tätig sein. Und zweitens bekommt mit dem offiziellen Staatsexamen der Finne sofort seine Lizenz als Arzt und setzt dann hinter seinen Namen **LL.** Das L steht für Lizensiert und das zweite L für *lääkäri,* auf Schwedisch *läkar* gleich Arzt. Dann gibt es noch kleinere Unterschiede, auf die ich hier nicht eingehen will.

Zwar hatte ich anfänglich Hemmungen, dieses Angebot anzunehmen, aber die erfahrene Anästhesistin erklärte mir, sie würde mir schon helfen. Also wurde bei der Ärztekammer die Genehmigung zur ärztlichen Tätigkeit eingeholt, die nicht lange auf sich warten ließ, da man ohne Schwierigkeiten mein Hamburger Staatsexamen in Finnland anerkannte. Fortan durfte ich auch ein LL hinter meinem Namen hängen. Mit dieser Lizenz darf ich aufgrund der vertraglich geregelten, gegenseitigen Anerkennung der ärztlichen Approbation in sämtlichen skandinavischen Ländern auch heute noch ärztlich tätig sein.

Kaum waren meine Papiere eingegangen, fing ich nun ganz offiziell als Assistenzarzt der Anästhesieabteilung der Universitätsfrauenklinik an zu arbeiten. Meine neue Chefin Inkeri, die ich nach finnischer Art auch duzte, nahm mich mit in den alten OP-Saal, in dem an zwei Tischen gleichzeitig operiert wurde, und führte mich schrittweise in die Kunst der Narkose ein. Aber nachdem ich mich wohl beim Intubieren nicht ungeschickt angestellt hatte und auch die Medikamentendosierung relativ zügig begriffen hatte, durfte ich sehr schnell selbstständig arbeiten. Zwar schielte meine sehr freundliche, kooperative Chefin vom Nachbartisch anfangs immer noch herüber oder kam, um alles zu kontrollieren, aber eine derartig schnelle Selbstständigkeit hätte ich in Deutschland in so kurzer Zeit nie erreicht. Es dauerte auch nicht lange, dann saß am Nachbartisch nicht mehr ein/e Anästhesist/in, sondern eine Krankenschwester, die sich auf Narkosen spezialisiert hatte und die mich nun manchmal fragte. Es gibt nun operative Eingriffe, da ist der Narkosearzt voll dabei und sehr gut beschäftigt wie bei einem Kaiserschnitt. Auf der anderen Seite gibt es aber auch Operationen, bei denen der Patient/in automatisch beatmet wird und der Arzt nur ständig die Gase, die Sauerstoffversorgung und den Kreislauf des Patienten während der laufenden OP kontrollieren muss und die körperliche Arbeit beim In- und später Extubieren kommt. In der Zwischenzeit geht es ruhiger zu. In solchen Momenten hatte ich stets mein kleines Lehrbuch der finnischen Sprache dabei, um darin zu lesen und immer wieder dann bei manchen Worten und Sätzen den

Operateur oder die Krankenschwester zu interviewen. Es war auch sehr wichtig, dass sich meine finnischen Sprachkenntnisse besserten. Zwar ist es für einen Arzt, der die Landessprache nicht richtig beherrscht, immer gut, in der Anästhesie anzufangen, da ja der Patient schlafen und man nicht mit ihm kommunizieren soll. Man kann auch sagen, mit dem Tubus im Hals spricht sich schlecht, doch vor der Narkose muss man doch die Krankengeschichte einschließlich der Medikamente erfassen und auch den Patienten wenigstens informieren. Allgemein kann man aber sagen, dass die Patienten in Finnland damals herzlich wenig aufgeklärt wurden und es auch nicht besonders verlangten. Sie hatten mit ihrer eingewilligten stationären Aufnahme oder auch ambulanten Behandlung kundgetan, dass sie mit dem ärztlichen Handeln einverstanden waren und dass sie den behandelnden Ärzten vertrauten, die nach bestem Wissen und Gewissen sowieso arbeiteten. Das ist ja der wesentliche Teil ihres Berufes. Darum verstehe ich bis heute nicht den Papierkram und die schriftlichen Bestätigungen, die man heute als Arzt vorher einholen muss. Anders sieht das bei Unmündigen aus.

Zwischen den einzelnen Narkosen ging ich immer wieder auf die Wachstation, um mich über das Befinden nach der Narkose der Patientinnen zu informieren. Dabei gab es dann wiederholt ein lustiges Erlebnis. Wie ist es, wenn eine Frau zu tief ins Glas geschaut hat, wenn man einen trunkenen Zustand höflich umschreiben will? Nun nicht viel anders als beim Mann. Und die Varianten konnte ich als Narkosearzt ausgerechnet auf der Wachstation des Operationstraktes wiederholt erleben. Nicht nur einmal sah ich alle Formen der Trunkenheit in unterschiedlichen

Stärken. Da lag die eine Frau im Bett und sang laut „schmutzige" Lieder. Eine andere Patientin ergriff meine Hand und wollte sie immer wieder abküssen. Die Dritte wiederum pöbelte laut herum und, und, und. Der nächsten Patientin war fürchterlich übel und verlangte nach einem Gefäß. Was war der Grund zu solchen ungewöhnlichen Reaktionen, jedenfalls in einer Klinik, wo normalerweise Alkoholverbot gilt? Nun, all diese Frauen waren schwanger. Bei allen gab es einen ernsthaften Grund für eine Operation, eine Indikation, wie Mediziner das nennen. Nur ist es eine alte Weisheit, dass Alkohol die Wehentätigkeit bremst. Und genau das machte man sich zunutze und gab diesen Frauen als vorzeitige Wehenbremse unter der Narkose Alkohol intravenös als Infusion mit den eben oben beschriebenen Auswirkungen. In den sechziger Jahren waren die eventuell auftretenden Alkoholschäden beim Kinde noch kein Thema. Außerdem treten diese „fötalen Schäden" meist beim chronischen Alkoholismus auf, was hier nicht der Fall war. Wenn eine schwangere Frau bei einem Empfang mal ein Gläschen Sekt trinkt, bekommt das werdende Kind meines Erachtens keinen Schaden, es sei denn, dieser ist schon längst vorhanden. Sonst müsste die Anzahl der geschädigten Kinder signifikant höher sein, wenn man daran denkt, dass ein oder zwei Gläschen früher bei Schwangeren kein Thema waren und es sehr viele heimliche Alkoholikerinnen gibt, die „ein bisschen" schwanger sind, es aber noch nicht wissen. Statistisch wäre das schon aufgefallen. Hat man aber einmal ein durch Alkohol geschädigtes Kind oder jungen Menschen gesehen, sind die Zeichen so signifikant, dass man dann diese Symptome viel leichter erkennt.

War das Operationsprogramm abgearbeitet und ging es meinen Patientinnen mit und ohne Schwips gut, begab ich mich auf die Station, um die Patientinnen für den kommenden Tag zu begutachten. Gut, die Laborwerte konnte ich lesen, aber von der Krankengeschichte verstand ich anfangs mangels Sprachkenntnissen nichts. Da war ich dann auf die Hilfe der Krankenschwestern oder eines Studenten angewiesen. Auch bei den Laborwerten musste ich zunächst umdenken, denn die Finnen benutzten schon immer die international üblichen Messeinheiten. So wird der Blutzucker weltweit in mmol/Liter gemessen oder die Blutgerinnung in INR Werten. Nur in Deutschland nutzt man noch seit jeher für den Blutzucker den Wert in Milligramm/Prozent und für die Gerinnung den Quick-Wert. Das gilt für viele andere Laborwerte. Hierbei kommt mir das erwähnte britische Maßsystem in den Sinn. Da galt es für mich, möglichst schnell diese neuen, weltweit anerkannten Maße im Kopf zu haben und damit zu arbeiten. Aber nicht nur im Operationssaal wurde ich als Anästhesist angefordert. Auch in der Strahlenabteilung mussten kleinere Narkosen gegeben werden, wobei aber die Patientinnen nicht intubiert wurden. Die Narkose war nötig, wenn bei der Frau in den Genitaltrakt radioaktive Substanzen eingeführt wurden. Wegen der Schmerzhaftigkeit ging dies nicht ohne allgemeine Betäubung. Diese war aber nicht so leicht wie bei den jungen Frauen in der Poliklinik, da es sich hier um meist ältere, schon hinfällige Patientinnen handelte. In der Poliklinik waren es zumeist junge Frauen mit einer Fehlgeburt, bei denen sofort noch auf dem Untersuchungstisch eine Ausschabung gemacht wurde. Oder aber es handelte sich um Frauen im Klimakterium, die eine unstillbare Blutung hatten. Auch dort wurde sofort ohne große Verzögerung gehandelt. Diese Frauen hatten aber auch wegen ihres Alters noch keine Herzprobleme. Schließlich steckte auch ab und zu während eines poliklinischen Eingriffs ein Dozent seinen Kopf in den Behandlungsraum und fragte, ob wir nicht die Patientin zu Unterrichtszwecken fünf Minuten länger schlafen lassen könnten. Zunächst war ich verblüfft, aber wir waren ja an einer Uniklinik.-

Obwohl schon im Jahr 1969/70 in Finnland im Gegensatz zu Deutschland die Schwangerschaftsunterbrechung nach der Fristenlösung erlaubt war, kam es leider immer wieder doch zu kriminellen Eingriffen mit unlauteren Mitteln und damit auch zu deren schlimmen Folgen. Immer wieder kamen junge Frauen mit einer schweren Sepsis, im Volksmund heißt sie Blutvergiftung, zur Aufnahme. Dann waren wir alle gefordert. Auch die Oberärzte/innen waren in solchen Fällen sofort zur Stelle. Hier galt es auch für den Anästhesisten, den septischen Schock zu bekämpfen und den Kreislauf zu stabilisieren. Den einen oder anderen Kampf um das Leben dieser jungen Frauen habe ich bis zum heutigen Tage nicht vergessen. Deshalb verstehe ich auch nicht die Länder, in denen eine Schwangerschaftsunterbrechung auch heute, fünfzig Jahre danach, wenigstens unter bestimmten Kautelen nicht erlaubt ist. Als ich in Hamburg studierte, lernte ich in der Pathologie, immer hellhörig und aufmerksam bei blutenden Frauen in der ersten Lebenshälfte mit Kreislaufproblemen zu sein, da man zu der Zeit damit rechnete, dass auf eine Geburt ein unerlaubter Schwangerschaftsabbruch kam.

Nicht vergesse ich, als ich zum ersten Mal einem Mann ausgerechnet in der Frauenklinik eine Narkose gab. Später sollte es sich nochmals wiederholen. Ich hatte aber mittlerweile schon Hunderte von Frauen Narkosen gegeben, eine Anzahl, die ich in Deutschland in so kurzer Zeit nie erreicht hätte. Eines Tages kam irgendwie Unruhe auf. Zunächst begriff ich nicht, um was es ging. Ich merkte nur, dass Professor Vara zusammen mit dem Chef und der Chirurgie, der sich auf plastische Chirurgie spezialisiert hatte, bei uns operieren wollte und dass nicht alle Krankenschwestern bereit waren, zu assistieren. Auch meine Chefin Inkeri weigerte sich mitzuwirken. Dann kam es heraus: es war eine operative Geschlechtsumwandlung vom Mann zur Frau geplant. Hier fehlte bei den meisten des Klinikpersonals die Akzeptanz, auch bei der Chefin der Anästhesie. Ich muss hier betonen, wir schrieben das Jahr 1970/71. Inzwischen hat sich viel verändert. Damals also kam Inkeri zu mir und fragte mich, ob ich bereit sei, die Narkose zu geben. Ich war in einer Zwickmühle und konnte schlecht nein sagen. Als ich erwiderte, ich hätte keine Ahnung, wie man bei einem Mann die Narkose dosiert, meinte sie , sie würde mir die richtigen Anleitungen geben und sei ansonsten irgendwo auch in der Nähe. Ich erklärte mich schließlich bereit. Als es dann soweit war, leitete ich die Narkose wie gewohnt ein, passte die Dosierung den Umständen wie Körpergewicht, Sauerstoffsättigung etc. an und hatte nun auch viel Zeit, die Krankengeschichte, besser sollte man Lebens- oder Leidensgeschichte, in Ruhe zu lesen, denn der Eingriff dauerte lang und ging über Stunden. Jedoch hatten die beiden erfahrenen Operateure älteren Jahrgangs einen etwas eigenartigen Humor. Als sie meinten, auf dem Höhepunkt der Operation zu sein, kündigten sie dies auch noch laut, etwas lachend an, umfassten das „Prachtexemplar", wie sie es bezeichneten, mit der Hand und schnitten es demonstrativ ab, um dieses komplett, mit Kommentar in die bereitstehende Schüssel zu werfen. Leider, muss ich sagen. Man kann zu einer Geschlechtsumwandlung stehen wie man will. Diese Menschen aber haben sehr viel erlitten, sie sind in einem anderen Sinne krank. Als Arzt muss man kranken Menschen helfen. Dabei gibt es nichts zu lachen. Ob in einem solchen Falle die Operation das Mittel der Wahl ist, kann ich nicht sagen. Später kam es noch ein zweites Mal zu einer gleichen Operation mit gleicher Besetzung, die aber sachlicher zuging. Das Abschneiden des Genitals war ja auch nicht die große Kunst. Die begann erst danach bei der (Re) Konstruktion des weiblichen Genitals und des Urinabflusses. Diese Menschen hatten nach dieser Operation noch einen langen Leidensweg, denn bei dieser OP blieb es nicht allein, um alles optimal operativ zu konstruieren, wenn es überhaupt möglich war.

Diese Erfahrungen in der Anästhesie sind für einen Mediziner eine sehr gute Basis für sämtliche Spezialitäten im späteren Arztleben, es sei denn, man bleibt in der Pathologie. Man lernt, den lebenswichtigen Kreislauf zu beurteilen und die auftretenden Veränderungen zu beherrschen. Sehr wichtig ist auch die ständige Übung, Infusionen zu legen und zu intubieren. Auch die Schmerzbekämpfung spielt eine sehr wichtige Rolle. All das, was ich in dieser Zeit dort gelernt habe, konnte ich in meiner späteren ärztlichen Tätigkeit ständig und immer wieder anwenden. Dabei gibt es die Spezialität des Facharztes für Anästhesie erst seit der Zeit nach dem zweiten Weltkrieg. In Hamburg war es der im ersten Teil erwähnte Professor

Horatz, der den ersten Lehrstuhl für Anästhesie in den sechziger Jahren dort innehatte.

Zum Schluss dieses Kapitels möchte ich kurz noch auf ein ganz besonders Thema kommen, was typisch ist für Finnland. Das Stichwort heißt Sauna. Ich hatte eingangs schon bei der räumlichen Beschreibung der Klinik erwähnt, dass es im unteren Geschoss auch eine mit Holz zu beheizende Sauna gab. Diese war keineswegs nur zur Dekoration. Jeder, der im Gesundheitswesen tätig gewesen ist, weiß, dass man manchmal bei all den Belastungen einfach entspannen muss. Besonders die Bereitschaftsdienste können oft sehr anstrengend sein. Sehr gut entspannen kann man in einer Sauna. Wenn wir Diensthabenden also allzu gestresst waren, beauftragten wir den Hausmeister, die Sauna aufzuheizen. Wenn wir dann meinten, dass momentan In der Poliklinik und im Kreißsaal Ruhe herrschen könnte, meldeten wir uns bei den Hebammen und den Krankenschwestern ab und sagten, dass wir alle nun für eine Weile in der Sauna seien. Ich betone alle, denn normalerweise gehen Finnen nach Weiblein und Männlein getrennt in die Sauna. Das war dann das einzige Mal, bei dem aus organisatorischen Gründen diese Differenzierung nicht gemacht wurde. Im Vorraum der Sauna gab es ein Telefon, über das wir im Notfall auch alle zeitgleich erreichbar gewesen wären. Da in Finnland ein Saunagang eine quasi heilige Handlung ist, haben uns die Hebammen und Schwestern aber nur im alleräußersten Notfall angerufen. In der Poliklinik mussten dann die Patientinnen eben etwas warten, da der Doktor oder die Doktorin „gerade wegen einer dringenden Angelegenheit" momentan unabkömmlich war.

In Finnland lebt man anders

Das Stichwort Sauna gibt mir die Gelegenheit, einige Besonderheiten des finnischen Alltagslebens zu beschreiben. Ich war direkt von der Universitätsklinik in Hamburg nun in einer Universitätsklinik in Finnland gelandet. Was ich nun beschreibe, ist nicht gerade ein Kompliment für die Deutschen. Selbst ich war damit vor siebzig-achtzig Jahren damit aufgewachsen, dass jeden Samstag das Badewasser gewärmt wurde. Ansonsten wusch man sich im Stehen am Waschbecken, die Unterhose anbehaltend. Sieht man sich Filme aus der Vor-und Nachkriegszeit an, kann das nur bestätigt werden, wenn die Männer in blauen Turnhosen sich gerademal leicht benetzten. „Doch wie's da drunten aussieht, geht niemand was an". Darum war es auch nicht verwunderlich, manchmal sogar in der Hamburger chirurgischen Poliklinik unerträglich, diesen starken Körpergeruch in einem kleinen Behandlungsraum ohne vernünftige Belüftung zu ertragen. Das änderte sich schlagartig in Finnland, auch bei der älteren Generation. Statistisch rechnet man, dass jeder zweite Finne eine Sauna hat. Und diese nutzt er nicht nur einmal in der Woche, sondern viele Finnen auch mehrfach, mein finnischer Schwager auch täglich wie auch andere Finnen, wobei die Schweißporen sich öffnen und die Haut gründlicher als im Bad oder unter einer Dusche gereinigt wird. Dann benötigt man auch keine Antideodoransmittel oder ein billiges Parfum vom Supermarkt, um den Körpergeruch zu unterdrücken. Es gibt aber noch eine andere Erklärung, die die Füße betrifft. Schon in den vierziger Jahren, als die deutschen Soldaten in Finnland stationiert waren, wunderten sich die Finnen nicht nur über den Geruch der Füße der deutschen Kameraden, sondern noch mehr darüber, dass bei den dort im Winter herrschenden niedrigen Temperaturen von bis zu vierzig Grad minus, den deutschen Soldaten häufig die Zehen abfroren, während dies bei den Finnen völlig unbekannt ist. Der Grund: Die deutschen Soldaten, und wohl nicht nur diese, tragen auch im Winter viel zu enge Schuhe oder Stiefel, die dann noch mit dicker Schuhcreme glänzend poliert werden, so dass das Leder nicht mehr atmen kann. Finnen tragen stattdessen immer größere Stiefel, die auch bei Militär nicht ständig glänzend „gewienert" werden, bestenfalls mal etwas Vaseline bekommen. Die Schuhe sind oft so weit, dass man zusätzlich zu dicken Strümpfen die Füße auch noch mit textilen Fußlappen umwickeln kann. Oder man stopft einfach Heu in das Schuhwerk. Als ich dort lebte, sah ich auch viele Menschen im Winter nur in dicken Filzstiefeln-oder schuhen herumlaufen, da die Kälte dort sehr trocken ist. Und daheim? Betritt man die Wohnung, zieht man gleich die Schuhe aus, ähnlich wie es bei Türken Sitte ist, und läuft in Strümpfen. Strenger Körper-oder Fußgeruch gab es für mich als Arzt, der ich den Patienten immer sehr nahe komme, dort quasi nicht. Die Zeiten ändern sich. Heute gibt es in Deutschland fast in jeder Wohnung eine Dusche, die auch genutzt wird.

Aber ich musste dort noch andere Sitten lernen. Eine davon war der Tages-und Essrhythmus. Finnen stehen meist sehr früh auf und beginnen den Tag schon morgens früh mit einer guten Portion Haferbrei, meist mit etwas Milch. Gegen 11 Uhr ist dann eine Pause, *Lounas* genannt, was dem englischen Wort Lunch entspricht. Da gibt es dann typisch skandinavisch ein *voileipä*, was man in Deutschland unter dem schwedischen Namen *smörgas* kennt. Das sind diese Butterbrote, bei denen alles übereinander geschichtet wird: Brot, Butter, Salatblatt, Wurst oder Schinken, Käse und schließlich noch eine Tomatenscheibe oben drauf. Es können aber auch die karelischen Piroggen mit Ei Butter sein. In den frühen Abendstunden, also schon um 17 Uhr gibt es dann die die warme Hauptmahlzeit. Gegen 19 Uhr trinkt man einen Kaffee mit einem Snack. Anders als ich es aus meiner Kindheit in Deutschland kannte, gibt es in Finnland immer zu jedem Essen ein Getränk, oft Milch oder auch Buttermilch, aber auch sehr häufig nur Wasser. Ich habe mich immer darüber amüsiert, dass mir selbst zu einer plörrigen Suppe, die ja nun genug Flüssigkeit beinhaltet, mir immer noch Wasser hingestellt wurde. Wer dann noch Hunger hat, sucht sich vor dem Schlafengehen noch eine Kleinigkeit in der Küche. Grundsätzlich sind aber anders als in Deutschland die Portionen sehr viel kleiner. Und damit ist dann auch der Tag vorbei. Nach 21 Uhr geht nämlich ganz Finnland schlafen, zumindest auf dem Lande und in den kleinen Städten, von denen es sowieso nicht so viele gibt. Früher gab es nur zwei oder drei Fernsehkanäle. Auch heute gibt es nicht viel mehr. Gerade beim Fernsehen merkt man den großen Unterschied. Immerhin verstehen rund 120 Millionen Menschen in Europa die deutsche Sprache. Da lohnt sich eine Sendung schon viel mehr und die Sender haben auch mehr Geld zur Verfügung, was man umgekehrt bei den finnischen Programmen dann auch merkt. Die eingekauften Filme sind immer in der Originalsprache mit Untertitel, meist in Finnisch. Da Finnland ein zweisprachiges Land ist, sind die finnischen Filme schwedisch untertitelt und umgekehrt. Das

hat den Vorteil, dass man nicht nur leichter eine Fremdsprache erlernen kann, sondern auch die sprachlichen Nu-
ancen nicht verloren gehen, wenn man das Original versteht. Die letzten Nachrichten werden gegen 21 Uhr gesendet, die sich jeder Finne ansieht. Danach geht es in
„Heia", denn er muss ja um 6 Uhr wieder raus. Wie die
Engländer sagt, *my home is my castle*, so denkt auch der
Finne. Unangemeldeter Besuch ist nicht so sehr gewünscht, selbst nicht in der Familie. Es empfiehlt sich, immer gern vorher anzurufen. Und wenn man sich länger
nicht gesehen hat, empfiehlt es sich, ein kleines Gastgeschenk oder Aufmerksamkeit dabeizuhaben, sei es ein
kleine Packung Lakritze, die alle Skandinavier lieben, oder
ein schnell am Rand gepflücktes, kleines Sträußchen Wie-
sen-und Feldblumen, die es dort noch gibt. Will man als
Gastgeber dem Gast ein alkoholisches Gläschen anbieten,
so sollte man wirklich nur das Glas offerieren und jedes
Mal das Glas einzeln in der Küche nachfüllen, aber niemals
die Flasche sichtbar auf den Tisch stellen, da das als Aufforderung aufgefasst werden könnte, die ganze Buddel
auch auszutrinken bevor man sich verabschiedet. Finnen
sind sehr belesene Menschen, auch die sogenannten einfachen. Selbst in die entfernteste Gegend werden täglich
die Zeitungen angeliefert. Wer in Skandinavien gewesen
ist, kennt die bis zu zwanzig Brief-und Zeitungskästen am
Wegesrand. Neben der meist lokalen Zeitung lesen viele
Bürger auch die überregionale, anspruchsvolle, vielseitige
Zeitung von Helsinki, *Helsingin sanomat*, die für mich eine
der besten Zeitungen Europas ist, eine sehr gute Mischung
aus „Süddeutsche", „TAZ" und „Zeit". Leider verstehen
nur rund sechs Millionen die finnische Sprache. Aber auch

die schwedisch sprachige, überregionale Zeitung „*Huvud-stadtsblad*" ist sehr informativ und gut gemacht. Nicht nur vor die Schule, sondern selbst zu abgelegenen Höfen kommt in regelmäßigen Abständen von etwa drei bis vier Wochen ein sehr gut bestücktes Bibliotheksauto, *kirjasto-auto*. Dann sieht man nicht nur ältere Leute, sondern vor allem auch junge Schüler und Schülerinnen, wie sie in gro-ßen Plastiktüten nicht ein Buch, nein fünf bis zehn Bücher zum Lesen heran-und wieder abschleppen. Früher kamen auch zu meiner Zeit überall auf dem Land ein „Kaufmanns-auto", finnisch *„kauppaauto"* in dem man alles fand: Mehl, Zucker, Haarbürste, ja sogar Eis, was Finnen ständig essen, und vieles mehr. Nachdem aber die Finnen besser motorisiert und die Straßen besser ausgebaut sind, ster-ben diese großen, umgebauten Lieferwagen mit Tiefkühl-truhen und mit einer richtigen Kasse, wie beim Bus neben dem Fahrersitz, langsam aus. Das ist sehr schade. Denn zur bekannten festen Uhrzeit gingen alle Einwohner ein-schließlich der Urlauber von ihren Sommerhäusern am See mit viel mitgebrachter Zeit zum Halteplatz, um gegen-seitig die neuesten Nachrichten auszutauschen, während die Kinder ihr Lakritz Eis aßen. Soweit zu Land und Leute, man könnte ein ganzes Buch darüber schreiben.

Die finnische Sprache

Nun kommt der zweite Abschnitt des Artikels über die Finnen, den ich bei einem Wettbewerb eingereicht hatte. Da es am Anfang meiner beruflichen Tätigkeit in Finnland sehr wichtig war, die Landessprache zu beherrschen, möchte ich hier diesen Teil wiedergeben. Dabei wird sich einiges wiederholen:

Ende der sechziger Jahre gab es in allen Buchhandlungen Hamburgs nicht ein einziges deutsch-finnisches Lehrbuch zu kaufen. Schließlich fand ich ein kleines Büchlein, das in der DDR erschienen war. Es war nicht sehr umfassend. Die Grammatik und die Sprache wurden aber sehr gut und einfach erklärt. Wenn man den Inhalt dieses Buches beherrschte, kam man mit der finnischen Sprache schon gut zurecht. Nun, es ist sehr mühselig ohne Anleitung aus einem Büchlein sich eine völlig fremde Sprache anzueignen. So waren auch meine Sprachkenntnisse bei der Ankunft in Helsinki minimal. Mein neuer Chef Professor Vara hatte mit einem Lächeln empfohlen, mir eine Freundin anzuschaffen, die weder englisch noch deutsch könne, damit ich so gezwungen sei, mich mit Gesten oder aber eben nur mit der finnischen Sprache zu verständigen. Nun, dieses Unterfangen war nicht so ganz einfach. Denn mir war schon Ende der Sechziger aufgefallen, dass selbst der junge Mann an der Tankstelle relativ gut englisch sprach. Als ich mich hiernach erkundigte, erfuhr ich, dass immerhin schon vor fünfzig Jahren fünfunddreißig Prozent eines Jahrgangs in Finnland das Abitur ablegte. Zum Vergleich erwarben in Deutschland zu gleichen Zeit nur fünfzehn Prozent die Hochschulreife. Und bei meinem Jahrgang

1938 waren es nur fünf Prozent. Finnen aber sprachen nur sehr ungern fremdländisch, auch wenn sie es vielleicht konnten. Lediglich Alkohol lockerte ihre Zunge. Und da eben bei der Arbeit nicht getrunken wurde, sprachen fast alle Krankenschwestern stur mit mir nur finnisch. Nicht immer war ein Lexikon zur Hand und so lernte ich wie ein Kleinkind in kürzester Zeit viele finnische Worte und Ausdrücke einfach nur dem Sinn nach oder durch ständige Wiederholung. Zusätzlich hatte ich mich an der Universität für einen Sommerkurs in finnischer Sprache für Ausländer angemeldet. Dieser Kurs selbst brachte mir zunächst nicht viel. Zwar unterrichtete uns mit sehr viel Energie eine finnische Dozentin für deutsche Sprache, die auch mit einem Deutschen in Helsinki verheiratet war, ihre Mühe war aber oft durch das mangelnde Verständnis der Schüler getrübt. Es handelte sich zum Teil um deutsche Frauen, die hier nach Finnland geheiratet hatten, die aber ebenso wie der deutsche Koch vom Hotel Tornio von Grammatik keinerlei Ahnung hatten, für die dies der erste Fremdsprachenkurs in ihrem Leben war, die zwischen Adjektiv und Adverb nicht unterscheiden konnten. Da es mir also zu langweilig wurde, nahm ich bei der Dozentin privaten Unterricht und fuhr sie anschließend mit meinem Auto heim nach Westend. Das waren 40 Minuten zusätzlicher Unterricht. Hierbei unterhielten wir uns nur auf Finnisch. Neben der Handlektüre für den Unterricht besaß ich auch ein englisch-finnisches Lehrbuch. Zwar etwas kompliziert als Methode, aber auch über eine Drittsprache lässt sich eine Fremdsprache erlernen. Hilfreich war auch, dass im finnischen Fernsehen sämtliche Filme nur mit Untertiteln gesendet wurden. Eine riesige Möglichkeit, den Sprachschatz zu er-

weitern. Schließlich soll man auch die Reklame im Fernsehen nicht vergessen. Die Schlagworte wurden dort so häufig wiederholt, dass man schon verblendet sein muss, wenn man den Zusammenhang zwischen „pesu" und Wäsche bzw. Waschen nicht merkte. Es dauerte etwa ein Vierteljahr, dass ich mich einigermaßen gut auf Finnisch verständigen konnte. Von Vorteil war sicherlich, dass ich auf der Schule Latein und Griechisch gelernt hatte und mir meine Lehrer beigebracht hatten, wie eine Sprache aufgebaut sein muss. Wenn man den klaren logischen Aufbau der finnischen Grammatik einmal verstanden hat und umsetzen kann, muss man eigentlich nur noch die Worte lernen, um reden zu können. So ganz einfach ist das natürlich nicht. Gut, die Postpositionen sind zu begreifen. Auch die häufigen meines Erachtens nutzlose Suffixe sind zu ertragen. Aber es gibt auch Formen, die ich auch heute immer noch nicht in der Umgangssprache benutze wie das Potential „ottanee", er werde wohl nehmen, und andere seltene Grammatikformen, die auch Finnen nur selten anwenden. Dass die Zukunft umschrieben werden muss, ist erlernbar ebenso wie der Indikativ „juodaan", man trinkt. Aber man muss sich doch häufig fragen: Denken die Finnen auch anders? Heute bin ich zweisprachig und muss diese Frage mit „Ja" beantworten. So ist es äußerst schwierig, finnisch simultan zu übersetzen. Selbst bei der Direktübersetzung eines geschriebenen Textes tauchen schon Schwierigkeiten auf, anders als in anderen europäischen Sprachen. Heute in Deutschland lebend stört es mich immer noch, wenn auf meine Frage, ob man etwas haben möchte, nicht mit „otan", ich nehme, sondern mit „ Voin minä ottaa", ich kann nehmen, geantwortet wird. Denn ich hatte gefragt, ob jemand etwas nimmt und nicht, ob er etwas nehmen

kann. Dabei ist es mir nicht klar, ist dieses „voi" eine Höf-
lichkeitsform oder finnische Unsicherheit? Schließlich
könnte der Finne ja auch ich nähme, „ottaisin" sagen,
wenn er höflich sein wollte. Ich will das Thema abschließen
und komme zu dem Schluss, Finnen denken anders.

Später zog ich nach Porvoo und wurde dort mit der schwedischen Sprache konfrontiert, die aber für Deutsche relativ
einfach ist. Mit alten Frauen von den Schären, die nur
schwedisch sprechen konnten, verständigte ich mich aus
einem Mischmasch aus Schwedisch und Plattdeutsch, was
sehr gut ging. Bei jungen Menschen, die auf ihr Recht
pochten, auf Schwedisch angesprochen zu werden, stellte
ich mich stur und antwortete: „jag talar tyska, engelska
och finska" (ich spreche deutsch, englisch und finnisch).
Und siehe da, auf einmal konnten auch diese stolzen Jugendlichen fließend finnisch sprechen, allerdings mit dem
typischen schwedischen Singsang. In Porvoo aber lernte
ich auch, dass es gut ist, wenn in einer sprachlichen Misch-
ehe jeder Elternteil seine eigene Muttersprache mit dem
Kind spricht. Einen größeren Gefallen kann man seinem
Kind nie mehr erweisen. Ebenso wenig wie Deutsche ihre
Sprache nicht kennen, merken Finnen nicht, wie sich ihre
Sprache zusammensetzt. Sie merken nicht, dass hinter
dem Wort „kaunis" das Wort schön steckt. Je weiter man
sich Richtung Savo (Region in Mittelfinnland) bewegt,
kann ein Finne am Anfang eines Wortes zwei hintereinan-
der folgende Konsonanten nicht aussprechen. So wird
eben in Kuopio (Hauptstadt der Region Savo) aus dem Namen meiner Tochter Christina nur „Ristina" und aus
„kreivi" (Graf) wird „reivi" und viele andere Worte. Kaum

ein Mensch merkt, dass man am Hauptbahnhof von Helsinki das Schild „ rahti" man ganz einfach auf Deutsch (F)-r-a-(c)-h-t-(i), also Fracht lesen kann. So gibt es unendliche Beispiele. Das hilft aber auch beim Einprägen der Vokabeln. Wenn man als Ausländer in Helsinki einigermaßen fließend finnisch sprach, wenn man dann noch erklärte, man wohne in Porvoo, dachten die echten Finnen, man gehöre zur schwedisch sprechenden sprachlichen Minderheit. Dass ein Ausländer finnisch sprach, war vor über vierzig Jahren noch etwas Besonderes. Heute findet man das sehr viel häufiger. Und oft wird man für einen Esten gehalten. Dass „Viro" der Name für Estland ist, wissen übrigens nur wenige Deutsche. „Suomi" kennt man bereits.

Und später heißt es dann in diesem Artikel zum Thema Sprache, wobei ich damit von der Chronologie meiner Memoiren abweiche:

Inzwischen hatte ich geheiratet und sprach vierundzwanzig Stunden nur finnisch, im Beruf tagsüber und abends mit meiner Frau. Wenn man in der Zweitsprache träumt oder gar rechnet, dann ist der entscheidende Schritt getan. So konnte ich es auch wagen, nach drei Jahren Finnlandaufenthalt eine Sprachprüfung abzulegen, die ich mit „gut" mündlich und schriftlich bestand. Sie war Voraussetzung für eine Wiederanstellung an der Universitäts-Frauenklinik in einem festen Arbeitsverhältnis. Die Prüfung selbst war aber ein wenig getürkt. Ich wusste, dass man in der Prüfung ein paar Seiten über den täglichen Ablauf seines Arbeitstages schreiben sollte. So hatte ich das vorher mit meiner Frau geübt und den Text einfach auswendig gelernt. Wie überhaupt ich heute noch besser reden als schreiben kann. Meine Vorgesetzten haben das nicht immer gemerkt, denn die Damen im Schreibbüro korrigierten immer meine fehlerhaften Diktate ins beste Schriftfinnisch.

Weiter heißt es dann zum Gebrauch und zum Klang der finnischen Sprache: *Wenn man nicht mehr in Finnland lebt, spricht man das Finnisch, was man zum Zeitpunkt des Wegzuges aus Finnland gesprochen hat. Dieses Finnisch gibt man auch seinen Kindern weiter. Und da die finnische Sprache besonders jetzt durch die vielen Anglizismen einem schnellen Wandel unterliegt, ist es auch kein Wunder, wenn nach schon zwanzig Jahren nicht nur die Eltern, sondern auch deren Kinder ein „antikes" Finnisch sprechen, häufig zum Amusement der in Finnland lebenden Finnen.*

Da zusammengerechnet auf der Welt nur etwa fünf und ein halbe Millionen Menschen die finnische Sprache beherrschen und man von den sonstigen europäischen Sprachen häufig immer ein paar Worte versteht, dient sie auch den im Ausland lebenden Finnen als eine sogenannte Geheimsprache, die eben nur von Finnen zu verstehen ist. So ist es keineswegs unüblich, sich innerhalb der Familie ein paar kurze Hinweise zu geben ohne dass ein Dritter einen versteht. Das meinen auch manchmal finnische Touristen in Hamburg oder Lübeck und sind dann völlig verblüfft und irritiert, wenn ein Deutsch aussehender Mann den von finnischen Touristen gerade im Kaufhaus oder Restaurant ausgesprochenen Satz auf Finnisch kommentiert oder ergänzt. Aber auch umgekehrt mussten wir vor jeder Reise nach Finnland unsere Kinder instruieren, als sie noch klein waren, dass sie nicht immer in Finnland frei alles sagen können, da sie eben dort jeder versteht. Kurzgesagt, in

Finnland selbst ist finnisch keine familiäre Geheimsprache mehr.

Wie klingt nun die finnische Sprache in den Ohren anderer? Auffällig ist, dass man sie sofort aus einem großen Sprachgewirr heraushört, leichter als jede andere Sprache. Sie hat keineswegs das Weiche, Sanfte und Melodische wie Russisch oder Französisch. Durch die vielen Diphthonge und die vielen Wiederholungen der Endungen, die häufig auch rhythmisch sind, sind ein gewisser Reiz und ein gewisser Wohlklang durchaus zu spüren. Auf der anderen Seite kann man aber auch den Grundtenor des Finnischen sehr gut imitieren, ohne auch nur ein einziges finnisches Wort zu sagen, indem man mit leicht quäkender Stimme einfach viele Umlaute langgestreckt mit wenigen Konsonanten mit leicht näselndem Ton herauf und herunterzieht. So nämlich klingt es, wenn man auf der Reise nach Finnland in Dänemark oder Schweden die ersten Kindersendungen auf Finnisch hört, wegen der Störungen im Äther die Worte aber noch nicht unterscheiden kann. Finnische Männer sprechen häufig tief gutural und leicht brummend. Finnen bezeichnen das als „möröjukka". Das ist auch der finnische Name für den Struwwelpeter. Im Deutschen ist das Plattdeutsch in vielen Dingen sehr viel prägnanter und teilweise deswegen sehr viel amüsanter als das Hochdeutsch. Das gilt auch für die finnische Sprache, die geradezu Meister im Erfinden von kurzen Abkürzungen wie mersu (Mercedes), bemmari (BMW), volkari (Volkswagen) und ähnlichen Worte der Umgangssprache sind.

Abschließend noch ein paar Sätze zum Schreiben. Ein Ausländer hört nicht, ob es ein oder zwei Konsonanten sind.

Bestenfalls kann er noch einen doppelten Vokal hören. Darum ist es sehr schwer, das zwar korrekt gesprochene Finnisch auch korrekt zu schreiben. Vielleicht ginge es besser, wenn man in Finnland lebt und täglich mit der Sprache konfrontiert wird. Außerhalb Finnlands reicht es, wenn man sich innerhalb seiner Familie und mit seinen Freunden fließend unterhalten kann, ohne übersetzen zu müssen.

Diese kursiv geschriebenen Zeilen habe ich vor gut einneinhalb Jahrzehnten, also Anfang 2000, geschrieben und anschließend veröffentlicht.

Die ersten kollegialen und freundschaftlichen Kontakte

Für menschliche Kontakte ist die sprachliche Verständigung sehr wichtig. Nur wenn man miteinander reden kann, entstehen auch Freundschaften. In der Klinik konnte ich mich anfangs in englischer oder auch deutscher Sprache unterhalten. Die Finnen sind aber vom Charakter her sehr zurückhaltend und schließen nicht sofort Freundschaften, ohne den anderen auch besser zu kennen. So gab man mir beim Lunch in der Bibliothek zwar viele Empfehlungen, was ich in meiner Freizeit alles machen könnte. Aber nach der Arbeit ging man doch sehr bald auseinander und jeder seiner Wege. Zwar erhielt ich mehrfach mündliche Einladungen der Kollegen zu einer Segeltour, umgesetzt aber wurde es nie. Nur meine Chefin Inkeri und mein späterer Chef Professor Olof Widholm, der der Nachfolger von Prof. Vara wurde, luden mich in ihr Haus ein, was ich als eine große Ehre empfand. Ansonsten musste man sich sein Umfeld selbst schaffen. In der Dienstwohnung von Prof. Vara, der mich nach Finnland geholt hatte, war ich häufiger ein gern gesehener Gast. Manchmal half ich ihm auch bei Übersetzungen und Formulierungen von Schriftstücken ins Deutsche.

Da gab es einmal den Kollegen Meury aus der Schweiz, der wie ich ungefähr zur gleichen Zeit an der Frauenklinik als Gastarzt tätig war. Ein großer und lebhafter Mann, der es mit seinem Schweizer Pass trotz des Kalten Krieges tatsächlich gewagt hatte, von seinem Heimatland aus durch mehrere Ostblockstaaten und halb Russland mit seinem

Volkswagen Käfer bis nach Helsinki zu reisen. Seine hoch-
interessanten Reiseerlebnisse bekam ich stets zu hören,
wenn wir gemeinsam in die Hauptmensa der Universitätskliniken gingen, um uns über den Genuss von Fischsuppe
mit Milch, was wir beide anfangs schrecklich fanden, zu
echauffieren. Wir gewöhnten uns sehr bald daran , auch
an viele weitere typische finnische Essen, wie über der
Holzkohle flambierte kleine Maränen und andere Spezialitäten wie den morgendlichen Haferbrei. Bald fingen wir
auch an, wie die Finnen zu den Mahlzeiten auch Milch o-
der Buttermilch, Leitungswasser oder kalten Tee zu trinken. Die Qualität und die Auswahl des Kantinenessens waren optimal, wenn man das finnische Essen mochte.

Mit uns beim Essen und bei den Kaffeepausen war auch
ein sehr netter und äußerst bescheidener Kollege, den alle
auf Finnisch „Pekka" nannten, der aber eigentlich aus
dem damaligen Jugoslawien stammte. Es war eines der
wenigen Länder der Sowjetunion, deren Bürger frei reisen
durften. „Pekka" war ein begnadeter Operateur. Erst später erfuhr ich, dass er eigentlich Chef der Universitäts-
Frauenklinik in Bratislava war und eine Auszeit genommen
hatte. Diesem so äußerst freundlichen, fließend deutsch
sprechenden Mann hätte ich nicht diese hohe Position
wegen seines so zurückhaltenden Wesens zugetraut. War
es die gemeinsame Sprache des Deutschen oder des
Nichtverstehens der finnischen Sprache und des Fremds-
eins, die uns miteinander verband?

Schließlich gab es noch einen weiteren deutschen Kollegen, der sich später zu uns gesellte, der aber seine Frau
mit nach Helsinki gebracht hatte. Auch er hospitierte an

der Frauenklinik auf Einladung von Professor Vara, um seinen Operationskatalog zu füllen. Er war ein sehr netter Mann, aber eben nicht die Persönlichkeit wie die beiden anderen oben geschilderten Kollegen. Auch war er dadurch, dass er seine Frau nach Finnland mitgenommen hatte, sehr gebunden. Eine sehr freundliche Frau, die aber in unserer Runde irgendwie auch das fünfte Rad am Wagen war.

In dem Sommer-Feriensprachkurs für Ausländer traf ich dort auf die nette und sympathische Lenka. Sie stammte aus einem der Länder der ehemaligen österreichischen Monarchie, das nach dem letzten Weltkrieg nolens volens sozialistisch geworden war. Sie beherrschte die deutsche Sprache fast fließend, da früher aus historischen Gründen an allen Schulen dieser Länder Deutsch die erste Fremdsprache war. Da wir keine Sprachbarriere hatten, verstanden wir uns sofort und trafen uns auch außerhalb des Kurses. Sie lebte hier in Helsinki schon etwas länger als ich und hatte auch schon einen größeren Freundeskreis, zu dem ich dann ebenfalls sehr bald zählte. Hierzu gehörten auch ein Landsmann von ihr, von Beruf Architekt, wie auch ein deutscher Architekt mit dessen finnischer Freundin. Uns einte unser etwa gemeinsames Alter, die Neugierde auf Finnland und die deutsche Sprache als Verständigungsmittel.

Lenka, die beim Generalkonsulat ihres Landes angestellt war, konnte sich dort auch für unsere gemeinsamen Exkursionen einen französischen Pkw mit Diplomatenkennzeichen ausleihen, in den wir uns so gerade hineinzwängen konnten. So fuhren wir gemeinsam los, um die Gebäude von *Hvitträsk* in *Kirkkonummi* zu besichtigen, die

1907 von den drei weltweit berühmten Architekten Eliel Saarinen, Hermann Gesellius und Armas Lindgren konzipiert waren. Bei unserem Besuch waren die Gebäude ziemlich verfallen und niemand hatte sich darum gekümmert. Heute ist alles sehr gepflegt. Ein weiteres Ziel war das Atelier und heutige Museum des Malers Akseli Gallen Kallela in *Tarvapää (Espoo)*, der wegen seiner Fresken und Grafiken bekannt ist.

Bei einem unserer Ausflüge bekamen wir auch einmal Ärger mit einer Gruppe finnischer Jugendlicher. Als wir in einem Lokal pausierten, um etwas zu essen und zu trinken, traten plötzlich vom Nachbartisch Finnen in sehr aggressiver Haltung lautstark pöbelnd an uns heran. Wir verstanden zunächst nichts. Aber wir hörten immer wieder das Wort *Rovaniemi* heraus, den Ort, den 1944 die deutschen Soldaten bei ihrem Abzug dem Erdboden gleichgemacht hatten. Wir Deutschen waren still und die Anderen schalteten sofort und beruhigten die Gruppe damit, dass wir alle unterschiedlicher Nationalität seien und die deutsche Sprache nur als Verständigungsmittel diene. Gleichzeitig zeigten sie ihre Pässe. Danach wurde die Situation wieder ruhiger.

In einigen dieser Länder hatte eine Liberalisierung begonnen und die Bürger genossen mehr Freiheiten als in vielen streng kommunistischen Ländern. So durften Erstere im Ausland arbeiten und ebenso auch sämtliche Druckerzeugnisse der Welt lesen. In Finnland unterhielt die DDR eine sogenannte „Ständige Vertretung" mit begrenzten konsularischen Rechten. Im Gegensatz zu den anderen sozialistischen Ländern durften die Angestellten dieser DDR-

Vertretung auch möglichst keinen Kontakt zu Westdeutschen haben und keine westdeutschen Zeitungen kaufen. Als Lenka dann westdeutsche Zeitungen wie den „Stern", den „Spiegel" und die „Bunte" in mehreren Exemplaren für die DDR-Bürger gleich mitkaufte und ich mich wunderte, erklärte sie mir den Zusammenhang. Doch auch Lenkas Denken war durch den Sozialismus leicht geprägt. So war sie auf das Allerhöchste verwundert und wollte mir es auch nicht glauben, als ich ihr sagte, dass in Westdeutschland jeder Bürger durchaus das Recht hätte, ganz offiziell den Staat, eine Stadt oder Kommune zu verklagen, um sein Recht zu bekommen. Für sie war dieses für uns so selbstverständliche Denken völlig unbegreiflich.

Lenka wohnte selbst in den Räumlichkeiten ihrer Botschaft, die man normalerweise nur zu den Geschäftszeiten durch den Haupteingang betreten durfte. Allerdings waren die heutigen intensiven Kontrollen der Botschaften und Konsulate weltweit noch nicht so streng. Erst nach dem Überfall auf die Deutsche Botschaft durch die RAF im Jahr 1975 sollte sich alles ändern. Dennoch fühlte ich mich nicht so ganz wohl in meiner Haut, als sie mich zu einem Abendtrunk irgendwie durch Seiten- oder Hintertüren in ihr Domizil einschleuste. Ich hatte dabei doch ziemliche Angst, wenn ich Pech hätte, in einem dieser berüchtigten Gefängnisse kommunistischer Länder ohne Wissen meiner Angehörigen zu landen. Ich mochte nur meine Bedenken und meine Furcht nicht zeigen.

In einem Land wie Finnland, dessen Alkoholika ein Vielfaches von dem kosteten, was man in Deutschland bezahlen musste, ist es gut, eine billige Quelle zu haben. Beispielsweise zahlte ich für eine Flasche Hennessy Cognac in

Deutschland rund 38 DM, wohingegen man in Finnland aufgrund der Besteuerung etwa 250 Finnmark zahlen musste. Das waren tatsächlich bei dem damaligen Wechselkurs von eins zu eins der unvorstellbare Preis von 250 DM. Lenka nun konnte sämtlichen in Europa frei verkäuflichen Alkohol zollfrei mit einem kleinen Aufschlag in ihrer Botschaft unbegrenzt kaufen. Soweit sie es nicht überzog, gab es auch keine Obergrenze. Als sie mir die Einkaufspreise der Alkoholika nannte, wollte ich es anfangs nicht glauben, so niedrig waren und sind sie. Sehr viele Staaten nehmen über die erhobenen Alkoholsteuern sehr viel Geld ein, angeblich um der Trinkerei ein Ende zu setzen. Aber Lenka wollte keinen Gewinn machen, sondern gab uns die Möglichkeit, zu einem äußerst zivilen Preis mal für ein Gastgeschenk, womit man bis zum heutigen Tag einen Finnen begeistern kann, oder zum privaten Gebrauch ein Fläschchen zu erwerben. Als ich einmal in meiner Wohnung in der Frauenklinik eine Willkommensparty geben wollte, stattete sie mich so gut aus, dass die Finnen aus dem Staunen nicht herauskamen und sich als Dank bei der Vernichtung der Bestände fleißig beteiligten.

Lenka wollte heraus aus ihrem nun sozialistisch geprägten Land. Allerdings sprach sie nie offen darüber. Das musste man schon zwischen dem Gesagten hören. Finnland, wo sie auch heute noch lebt, war auch damals eine Option. Lieber aber wäre sie nach Deutschland gezogen, was aber unter den Umständen der damaligen Zeit bei aller Freiheit ihres Landes nur über eine Ehe möglich gewesen wäre. So eng war aber unsere Beziehung nie. Als ich dann im Laufe des Folgejahres nach Porvoo zog und ein Jahr darauf heiratete, verloren wir uns aus den Augen.

Ostrobotnia, der Studententreffpunkt.

Ostrobotnien bezeichnet zunächst die Region, die, wie man leicht übersetzen kann, östlich am Bottnischen Meerbusen liegt, also um die Stadt Vasa herum. Hier aber ist mit Ostrobotnia ein großes Haus in Nachbarschaft des Nationalmuseums an der *Töölönkatu* gemeint. Geplant wurde dieses landsmannschaftliche Haus schon um 1842 auf Anregung des Nationaldichters Zacharias Topelius, aber erst 1903 erbaut. Hier trafen sich die Studentinnen und Studenten Helsinkis und die, die sich auch zu dieser Gruppe zählten in den sechziger Jahren fast an jedem Abend. Das Haus ist mit der Straßenbahn Nr.4 oder auch zu Fuß sehr gut zu erreichen. Es war und ist wohl auch heute noch das Zentrum der akademischen Jugend. Das große Haus hat viele große und kleine Räume und bot damals Unterhaltung für jeden Geschmack. Hier konnte man gut und preiswert essen, da diskutieren, dort fröhlich gemeinschaftlich singen und im großen Saal nach aktueller Musik, aber auch nach traditioneller Volksmusik tanzen. So kurz nach meinem Examen fühlte ich mich noch ganz als Student und keineswegs als junger Arzt. Es dauerte nicht lange, dass auch ich dort abends hinging. Ein Vorteil war auch, dass ich mich dort zumindest in der englischen Sprache gut unterhalten konnte. Gleich unten neben der Restauration erklang fröhlicher Gesang, wohin ich mich sofort hingezogen fühlte. Dort saßen junge Menschen an den Tischen, tranken ihr Bier oder einen Gin mit bitterer Grape Frucht, das es in kleinen 0,3- Liter Flaschen schon abgefüllt gab, und sangen begeistert, animiert durch einen jungen Vorsänger, alte und neuere Studentenlieder aus den kleinen Heftchen, die vor ihnen lagen, deren Inhalt ich anfangs überhaupt nicht verstand. Heute, des Finnischen mächtig, weiß ich, dass die Inhalte der Lieder zum Teil sehr humorvoll und witzig, zum Teil aber auch sehr nationalistisch angehaucht sind. Allen gemeinsam aber ist, dass ihre Melodien, wie so häufig bei Volksliedern, einfach richtige Ohrwürmer sind. Vieles ist in der Molltonart und erinnert in der Art stark der russischen Musik. Kein Wunder, schließlich war ja Finnland bis 1917 ein Großherzogtum des russischen Zaren gewesen. Und wie viele europäische Volkslieder haben sie musikalisch gesehen einen einfachen Aufbau, meist aus zwei Mal acht oder sechzehn Takten in der Tonika, Dominanten und Subdominanten. Man kann sie also sehr schnell auf einem Instrument wie Gitarre, Akkordeon oder Klavier zumindest harmonisch begleiten, ohne die Melodie exakt mitspielen zu müssen. Im gleichen Raum gab es ein Klavier und es reizte mich, darauf die Sänger und Sägerinnen zu begleiten. Kalle hieß der Vorsänger der Corona, der sofort begeistert war, als ich spontan begann, ihn beim Gesang zu begleiten. Die jungen Finnen waren es ebenso und spendeten nicht nur dem Sänger Kalle und mir Beifall, sondern auch so manches Bier, das ich aber dann größtenteils weiterreichte. Denn erstens hätte ich nicht gegenantrinken können und zweitens erinnerte ich mich an meine eigene Studentenzeit, als ich mich als mittelloser Student über jedes gespendete Bier freute. Auch erhielt ich ja ein gutes Stipendium. Mir ging es nur um den musikalischen Spaß.

Einmal aber sollte mir der Spaß vergehen und ich sollte die Bedeutung des Wortes „andere Länder, andere Sitten", man könnte auch besser sagen „andere Gesetze" kennen-lernen. Ich hatte nach Finnland meinen uralten klapprigen kleinen DKW F mit Zweitaktmotor mitgenommen und fuhr, wie es erlaubt war, ein Jahr lang mit deutschem, also mit ausländischem, Kennzeichen. Diesmal hatte ich mein Auto abends direkt vor der Eingangstür des Ostrobotnia-Hauses geparkt. Ich wusste zwar, dass in Finnland bezüglich des Alkohols andere Gesetze herrschten, wusste aber tatsächlich nicht, dass beim Autofahren maximal! 0,0 Promille angesagt waren. In Deutschland waren es zu der Zeit immerhin noch 1,5 oder 1,6/ml. Also gab es für mich zunächst keinen Grund, ein oder zwei Bier im Laufe des ganzen Abends nicht zu trinken. Als ich dann später aus der Parklücke herausfuhr, stieß ein junger Finne mit seinem Auto durch seine Unaufmerksamkeit gegen meines, wobei bei ihm lediglich eine Lampe kaputtging und ich an meinem Uraltauto nur eine kleine Schramme hatte. Er beschuldigte mich des Verkehrsvergehens, was ich ablehnte. Daraufhin erklärte er, ich hätte Alkohol getrunken, und wollte von mir eine größere Summe Geldes erpressen, aber nicht die Polizei holen. Doch damit hatte er als Finne nicht gerechnet, ich selbst rief daraufhin die Polizei an und bat sie zu kommen. Finnen haben einen irrsinnigen, ja fast krankhaften Respekt vor Behörden und meiden möglichst die Polizei. Dieser nun erklärte ich die Situation, dass der finnische Verkehrsteilnehmer aus meiner Sicht schuldig sei, dass er versucht habe, mich zu erpressen, wobei ich auf inzwischen herumstehende Zeugen verwies. Ich gab zu, zwei Bier an dem Abend getrunken zu haben, was in meinem Herkunftslande damals durchaus noch erlaubt sei. Die Polizei war äußerst freundlich zu mir, erklärte mir aber, dass sie trotz der Rechtslage angehalten sei, mich wegen, wenn auch geringen, Alkoholgenusses zu einer ärztlichen Untersuchung mitzunehmen. Auch dürfe ich nicht mehr fahren. So setzte sich der eine der zwei Polizisten in meinen alten DKW, während ich in einem Volvo befördert wurde, und fuhr hinter uns her zur Wache. Dort passierte dann zum ersten Mal die Untersuchung, die ich Jahre danach als Amtsarzt in Kotka und später im Notdienst in Deutschland viele Male durchführte. Nun, auffällig war ich nicht, aber meinen Führerschein war ich zunächst einmal los. Als ich mein Missgeschick am nächsten Tag in der Klinik erzählte, meinten die Kollegen, es sei besser einen Anwalt zu nehmen. Der kümmerte sich dann darum. Mein „Schwuppdiewuppdich-Auto" aber stand für sechs Wochen auf dem Parkplatz der Frauenklinik, wohin man es gebracht hatte. Dann kam die erlösende Antwort vom Rechtsanwalt: Die Anklage sei gegen mich fallen gelassen. Der Finne sei aber auch nicht wegen versuchter Erpressung verurteilt worden. Zahlen musste ich auch nichts, jedenfalls nicht an die finnische Staatskasse. Dafür aber zahlte ich einen hohen Betrag an den Anwalt, der mir meinen deutschen Führerschein per Post zukommen ließ. Nun war ich mit meinem deutschen Führerschein vorsichtiger geworden. Aus Deutschland und besonders von Hamburg wusste ich, dass es meistens am Hafen meist sehr gute, urige Kneipen oder auch Jazzlokale gibt, wie ich das auch in London von meinen Besuchen bei meiner Schwester kannte. So fuhr ich an einem schönen Sommerabend mit meinem Auto auf der Suche nach einer derartigen Lokalität im Hafen von Helsinki herum, der aber zu meiner Verwunderung völlig leer und einsam war. Nirgends ein Ort, wo man sich unterhalten und einen Drink nehmen konnte. Da ich auf der Suche war, fuhr ich nur in

Schrittgeschwindigkeit ohne jemanden zu behindern, da es keinen Verkehr gab und die Straßen wie leergefegt waren. Es dauerte nicht lange und es fuhr hinter mir ein Polizeiwagen im gleichen Tempo. Kurz darauf überholten mich die Polizisten und forderten mich zum Halten auf. Was ich denn hier wolle und warum ich so langsam führe, wollten sie in sehr holprigem Englisch von mir wissen. Bereitwillig gab ich Auskunft, merkte aber auch sofort, dass die Sprachkenntnisse beider Polizisten nicht die besten waren, schon gar nicht in der deutschen Sprache. Ob sie meinen Führerschein sehen könnten, versuchten sie mir zu sagen. Doch da wurde ich hellhörig. Ich hatte noch meinen alten Studentenausweis mit vielen Stempeln, meiner Hamburger Anschrift und einem Bild von mir in der Tasche. Den reichte ich ihnen, den sie lange musterten, mir aber dann freundlich nickend zurückgaben. Ich verzog keine Miene und steckte ihn ein. Hätten sie ihn einbehalten, wäre es auch kein großer Verlust gewesen und ich hätte dennoch weiter Autofahren können. Das Dokument besitze ich heute noch.

Pilot über Helsinki

Meine Freundschaft mit Kalle, dem Sänger aus dem Ost-robotnia-Haus, wurde immer intensiver. Wir trafen uns nicht nur zu den gemeinsamen musikalischen Abenden, sondern machten auch sonst gemeinsame Unternehmungen. Für einen Finnen war Kalle alles andere als ruhig. Er hatte stets irgendeine ausgefallene Idee. Eines Tages fragte er mich, ob wir mal über Helsinki fliegen wollten, ob ich meinen neuen Wohnort nicht einmal von oben sehen wolle. Wir könnten uns, wenn ich mich beteiligen wolle, doch ein Flugzeug mieten. Und wenn dann noch zwei *tyttöä*, sprich Mädchen, mitkämen, so hätten wir doch nette Gesellschaft. Erstaunt fragte ich, ob denn das Anmieten eines Flugzeuges überhaupt bezahlbar sei, aber er winkte nur ab. Er sei Mitglied im Aero-Club und bekäme das Flugzeug zu einem sehr günstigen Preis, etwa 100 Euro umgerechnet für eine Stunde. Natürlich nicht so ein großes, sondern eine kleine viersitzige Maschine, mit der das Fliegen denn auch noch Spaß mache. „Und der Flugschein, die Erlaubnis, überhaupt ein Flugzeug selbstständig fliegen zu dürfen", fragte ich, „wie bist Du daran gekommen"? „Bei der Armee", entgegnete er, dort hätte er das Fliegen gelernt und die Lizenz erhalten. Ich wunderte mich nur, was man in 9 Monaten Wehrpflicht bei der finnischen Armee alles lernen konnte. „Okay", erwiderte er, als er mein Kopfschütteln bemerkte, „ich war ja auch 14 Monate dabei". Ob ich denn Angst vor dem Fliegen hätte? „Nein" , antwortete ich mit gutem Gewissen. Schließlich war ich während meiner Schulzeit in St. Peter-Ording ein paar Mal in einem Segelflugzeug mitgeflogen. Dabei aber hatte ich nur die Angst, dass beim schnellen Hochziehen mit der Seilwinde am Strand das Schleppseil nicht in der Senkrechten ausklinken und das Segelflugzeug wieder steil nach unten mit „Karacho" gezogen würde. Als ich damals in nur 50 bis 60 Meter Höhe trotz der Erdkrümmung die Insel Helgoland von St. Peter aus in riesiger Entfernung am Horizont sah, vergaß ich alles und war begeistert in den Lüften.

Eine Woche später trafen wir uns am kleinen Flughafen des Aero-Clubs im Norden von Helsinki. Der einzige Flughafenwart und „Mädchen für alles" war sehr freundlich und übergab uns die Maschine. Es war wohl eine viersitzige Piper, einer der meistgebauten Kleinflugzeuge. Vorne saßen Pilot und Copilot nebeneinander, jeder einen Steuerknüppel vor den Knien, davor eine große Anzahl von Instrumenten. Unsere etwas naiven, ständig kichernden Girls, weiß Gott, woher Kalle sie aufgetrieben hatte, kamen auf die zwei Hintersitze. Angeschnallt, nochmals alles schnell überprüft, einen kurzen Blick zu unserem Flughafenwart in seiner erhöhten Glaskuppel, Daumen hoch bei ihm und bei Kalle und die Maschine fing an zu dröhnen und lief auf der Grasnarbe zum Anfang der Bahn. Alles vibrierte, die Mädchen kicherten- vermutlich vor Angst- und nach nur wenigen hundert Metern ging es ab in die Lüfte. Dann ein entspanntes Aufatmen, als wir die notwendige Höhe erreicht hatten. Nun war es Kalle, der zunächst um Helsinki seine Kreise zog und mir dabei alles aus der Vogelperspektive erklärte. So schön kann Fliegen sein. Dann kam die Show, Kalles Show, der nicht nur den schnatternden Mädchen auf der Hinterbank, sondern auch mir wohl imponieren wollte. So drehte er plötzlich steil nach back-

oder steuerbord ab, wie es bei der Seefahrt heißt, dass man so richtig den Druck unter den Flügeln merkte. Darauf ein angedeutetes Looping, wobei das Geschrei auf den Hinterbänken nur noch mehr anschwoll. Nach mehreren derartigen Flugmanövern fragte er mich plötzlich, ob ich nicht das Steuer des kleinen Flugzeuges übernehmen wolle. „Warum nicht", antwortete ich und packte zu. Vorsichtiges Abdrehen zu Seite und ich bemerkte den Luftdruck selbst direkt unter den Flügeln, fast wie unter meinen Armen. Also nur mutig und ruhig noch ein bisschen steiler. Die Maschine fiel ab. Beherzt den Knüppel nach vorn, und sofort zog sie wieder nach oben. „Nicht schlecht für einen Anfänger", meinte Kalle. Für mich ein tolles Gefühl. Doch dann flog ich noch eine Weile geradeaus, völlig entspannt. „Jetzt versuchen wir noch etwas, ich muss Dir was zeigen, was Du auch sehr gut kennst, aber nur von unten, das Reichstagsgebäude". Ich ahnte, dass das natürlich verboten war. Aber Kalle beruhigte mich, er kenne das noch aus seiner Armeezeit. Bis wir im Radar oder sonst angepeilt und die Abfangflugzeuge aufgestiegen seien, wären wir schon längst mit unserer kleinen und handlichen Maschine über alle Berge. Viele Jahre später hatte es ein junger Deutscher namens Rust geschafft, mit seiner kleinen Maschine den Grenzschutz Russlands zu unterfliegen und bis zum Roten Platz von Moskau unbehelligt zu kommen. Also einmal das Dach des Reichstagsgebäudes Finnlands, unweit davon das Nationalmuseum, daneben unser geliebtes Ostrobotnia-Haus überflogen und dann ganz, ganz schnell zurück zur Landebahn im Norden Helsinkis. „Landen mache ich aber selbst", meinte Kalle, das sei mit das Heikelste beim Fliegen. Mir sollte es nur recht sein. Auf der Hinterbank war endlich mal Ruhe. Das Flugzeug brav abgegeben, als wenn wir nur harmlos mal übers Land geflogen seien. Zum anschließenden Drink nahmen wir die Mädchen nicht mit. Ihnen war auch einfach sehr übel. Und Kalle, der sie eingeladen hatte, fand sie nun doch nicht so toll. Mein späterer Traum, auch einmal mit einem Wasserflugzeug zu fliegen, hat sich leider danach nie erfüllt.

Aber Kalle fand eine andere Frau toll. Das war Irma, die ich als Arzt beruflich in der Frauenklinik und später dann auch privat im Ostrobotnia kennengelernt hatte. Irma war nach ihrem Abitur bei der Pharmaindustrie gelandet und vertrat ausgerechnet die deutsche Firma Hoechst, bei der ich auch während meines Studiums in Hamburg gejobbt hatte. Und so war sie für mich auch die erste und einzige junge Finnin, die die deutsche Sprache wirklich gut beherrschte. Wir verstanden uns menschlich sehr gut, mehr aber nicht, obwohl sie mit ihren rubensähnlichen Formen sehr ansprechend aussah. Das aber hatte Kalle sehr bald spitzbekommen und etwas mit ihr angefangen, das heißt, sie mir ausgespannt, bevor ich überhaupt etwas mit ihr angefangen hatte. Irma war eine ganz tolle Frau, auch meine spätere Frau Sirkka mochte sie sehr gern. Leider tauchte er dann später bei meiner Hochzeit mit einer anderen Frau auf, obwohl er danach Irma dann doch geheiratet hat. Leider verloren Kalle, Irma und ich uns alle aus den Augen. Irgendwie brach der Kontakt ab, was ich heute sehr bedaure.

Finnland und der Alkohol

In skandinavischen Ländern kann man das Thema Alkohol nicht außer Acht lassen, wenn man das allgemeine Leben beschreiben will. Schon vor fast eintausend Jahren gingen nicht nur die Dänen, sondern besonders auch die Schweden auf kriegerische Eroberungstour. So gehörte zu Schweden neben Mecklenburg und Pommern auch Norwegen und Finnland dazu, das schon 1155 ausgerechnet von einem Bischof aus dem schwedischen Uppsala erstmalig überfallen wurde. Hier sieht man wieder einmal, dass die Kirche in ihrer Geschichte alles andere als friedlich war. Finnland wurde später viele Jahrhunderte von Schweden aus regiert, bis es ein Großherzogtum Russlands wurde. In all diesen Ländern spielt nicht nur der Alkohol eine starke Rolle, sondern es ist auch bis zum heutigen Tag der angetrunkene Rausch mit allen beruflichen, aber auch besonders der familiären Komplikationen. Unter russischer Herrschaft waren die Finnen aber relativ selbstständig und hatten ein eigenes   Parlament. Das muss man wissen, denn von 1866 bis 1968 herrschte in Finnland eine fast totale Prohibition. Bis zum Anfang des zwanzigsten Jahrhunderts war Finnland offiziell das „trockenste Land" Europas mit 1,5 Liter reinen Alkohol pro Kopf und Jahr. In den anderen skandinavischen Ländern lag der Wert zwischen 2,4 in Norwegen und 4,3 Litern in Schweden. Auch in diesen Ländern herrschte die strenge Alkohol-Politik. Zum Vergleich, in den meisten europäischen Ländern lag der Konsum reinen Alkohols Ende des zwanzigsten Jahrhunderts zwischen 5 und 10 Litern, nur übertroffen von den Franzosen mit kaum glaubhaft fast 23

Litern. Aber wie man sieht, das Land Frankreich und die Franzosen gibt es heute immer noch und das Volk ist auch nicht mehr degeneriert als andere Bevölkerungen.

Hier ein paar kleine Geschichten, wozu falsch verstandene Alkoholpolitik führen kann. Obwohl es in den letzten achtzig Jahren in der Medizin sehr gute, allgemeine Desinfektionsmittel oder auch denaturierte, also nicht trinkbare Alkohole zum gleichen Zweck gibt, dürfen in allen skandinavischen Ländern, also auch in Finnland, sämtliche Ärzte, Zahnärzte und Tierärzte auch heute noch Rezepte mit reinem, unvergälltem Alkohol verschreiben. Nun, um ehrlich zu sein, verschrieb ich mir in Finnland manchmal selbst ganz offiziell eine kleine Halbliterflasche mit reinem, 98-prozentigem Äthylalkohol zum Apothekerpreis von etwa 4 Mark, was zu der Zeit einer Kaufkraft von rund vier Euro entsprach, gedacht „als kleine spätere Unterstützung für anfallende handwerkliche Arbeiten". Auf dem Rezept war dann zu lesen:

Rp. Spiritus fortis   500.0

D. in vitr. orig.

S. ad usum medici

Diethard Friedrich LL

Übersetzt ins Allgemeinverständliche: Spiritus stand für Äthylalkohol, also zum menschlichen Genuss geeignet. Fortis aber hieß in der höchsten Konzentration von 98 Prozent, was ohne kräftige Verdünnung für den menschlichen Genuss ungeeignet ist. Weiter heißt es dann, bitte in einer Originalflasche abgeben und schließlich dann gezeichnet zum Gebrauch eines Arztes. Unterschrift. LL steht in den skandinavischen Ländern für lizensierter Arzt. Eine Halbliterflasche finnischen Wodka bei der staatlichen ALKO gekauft kostete damals rund 36 Mark, die bessere Sorte auch schon mal das Doppelte. Zum reinen Äthylalkohol kursierten die allerbesten Apothekermixturen, teilweise schon mehrere hundert Jahre alt. Leider habe ich diese Rezepte, die heute einen historischen Wert hätten, irgendwann einmal vernichtet. Allerdings habe ich noch eine sehr einfach für jeden herzustellende Mixtur im Kopf: Man nehme ein hochzylindrisches Wasserglas mit einem Fassungsvermögen von 0,25 Litern. In das Glas gießt man etwa daumenbreit den hoch gelobten Spiritus. Zum Schluss füllt man das Glas mit einer eisgekühltem 0,2 Liter Flasche Schweppes Bitter Lemon, Indian Tonic oder American Ginger Water je nach Geschmack. *Kippis* heißt auf Finnisch Prost

Meine finnischen Kollegen schrieben die „Spritrezepte" wohl häufiger als ich selbst. Der Grund war, dass ich häufiger von meinen deutschen Freunden versorgt wurde. Auch die von mir von Deutschlandaufenthalten mitgebrachten Flaschen hielten sich eine lange Zeit, da ich Hochprozentiges schon immer in Maßen getrunken habe, was jedoch bei Wein oder Bier anders aussieht. Der Leser wird sich fragen, wozu dann die Rezepte. Nun, das war auch eine bekannte kleine Nebenwährung für persönliche Dienste. Als ich auf das Angebot des handwerklich geschickten Hausmeisters der Klinik in Porvoo einging, mir eine stolze, größere Hundehütte für meinen Iivo zu bauen, fragte ich vorsichtshalber erst nach dem Preis. „Na, wenn der Doktor denn ´ne kleine Flasche für mich hat", meinte er, „dann sagen wir ´nen Fünfziger drauf". Das war für die

Arbeit und das Material fast geschenkt. Aber ich begriff schon sehr bald, wie das mit der inoffiziellen Währung läuft. Wenn ich mein Auto in die Werkstatt brachte, ließ ich ganz offen eine Flasche C2H5OH (Äthylalkohol) ver- gesslicher weise auf der Rückbank liegen. Wenn ich dann meine Rechnung bei Abholung des Wagens bezahlte, war die Rechnung meist nur ein Drittel der erwarteten, norma- len Höhe. Aber wo war die Buddel? Im Wagen nicht mehr zu finden. Nun, damit der Leser keinen Schreck bekommt: So oft und fleißig wie die Ärzte in Norwegen habe ich Re- zepte mit „alkoholischem Geist" nicht verschrieben.

In Norwegen ist auf dem Lande die Schnapsbrennerei noch sehr häufig, wie mir mein norwegischer Freund Björn später in Cuxhaven selbst erzählte. Alkoholische Ge- tränke kosten dort auch heute noch ein kleines Vermö- gen, da Norwegen nicht zur EU gehört und der Staat sich deshalb nicht wie Finnland an die vertraglich ausgehan- delten Sätze und Einfuhrmengen der EU halten muss. So gibt es dort wohl immer noch die sogenannten „brenne- vinsdoktorer", die Schnapsärzte. Man schätzt, dass in Nor- wegen im Durchschnitt früher über zehntausend Rezepte für reinen Äthylalkohol verschrieben wurden. Da das Re- zept in bar bezahlt wurde, ein kleines gutes Nebenge- schäft für die Doktores. Zu lesen war, dass in Norwegen ein Arzt verurteilt wurde, weil er nachweislich 48.657 (in Worten: achtundvierzigtausensechhundertsiebenund- fünfzig) Rezepte verschrieben haben soll.

Das neue, 1906 gewählte finnische Parlament hatte als erste gesetzgeberische Handlung nichts Besseres zu tun, als unter großem Applaus die Prohibition per Gesetz er- neut wieder einzuführen. Das Gesetz selbst wurde jedoch erst 1919 rechtskräftig, nachdem Finnland 1917 selbstständig geworden und ein blutiger Bürgerkrieg beendet war. Damals kämpften grob gezeichnet die „weißen" mehr städtischen Bürger gegen die „roten" Proletarier der Arbeiter und Teile der Landbevölkerung. Ein Fehdegrund war auch, dass die „Weißen" sich den wenigen, überteuerten Alkohol leisten konnten. Für die „Roten" war er quasi unbezahlbar. Doch das Gesetz bewirkte das Gegenteil. Der Schmuggel und die Schnapsbrennerei blühten. Schnaps ist auch leichter und mit weniger Aufwand zu destillieren als Bier zu brauen oder Früchte zu Wein zu vergären. Außerdem erzielte man so für den nicht verkauften Weizen einen viel höheren Preis für den „Korn". Dank der heutigen verbesserten wirtschaftlichen Situation Finnlands und der Mitgliedschaft in der Europäischen Union einschließlich sämtlicher Nachbarländer musste sich die Alkoholpolitik einfach ändern. Aber in den Köpfen der Finnen steckt diese jahrhundertalte Verteufelung immer noch ein wenig. Die Schnapsgläser haben immer noch eine Übergröße. Als ich 1969 nach Finnland kam, hatte das Glas für einen kurzen Schluck noch fünf Deziliter, also so viel wie früher die kleinen Coca-Cola-Gläser. Dann hat man das Volumen auf vier Deziliter reduziert. Dabei ist es aber geblieben. Bestellt man also heute in Finnland nach einem guten Essen im Restaurant ein Glas Wodka oder ein anderes alkoholisches Getränk, so bekommt und trinkt man stets nach unseren Maßstäben einen doppelten Schnaps, denn unser „Kurzer" wird normalerweise in Deutschland in Gläser mit zwei Deziliter Volumen serviert. Bevor Finnland der EU beitrat, bekam man in den Lokalen erst dann alkoholische Getränke, wenn man dort sich nicht nur die Speise- und Getränkekarte angeschaut, sondern auch vorher ein Gericht zu sich genommen hatte. Vielleicht hatte man die falsche Vorstellung, dass der Alkohol so nicht so schnell zum Kopf steigen könnte. Bis zum EU-Beitritt Finnlands konnte man alkoholische Getränke einschließlich des normalen Bieres nur in den staatlichen Läden ALKO kaufen. Noch im Jahr 1969, als ich nach Finnland kam, war der Erwerb von alkoholischen Getränken streng reglementiert. Pro Monat durfte ein Finne nur eine ganz bestimmte Menge an Alkoholika kaufen, deren Menge in einem lizensierten ausweisartigen Bezugsschein dokumentiert wurde. Darum war ich auch höchst überrascht, als mich Kollegen baten, für sie doch bitte von ALKO, dessen gut bestückter Laden nicht weit entfernt von unserer Klinik lag, die ein oder andere Flasche mitzubringen. Denn mit meinem deutschen Pass, den ich auch im „Spritladen" vorlegen musste, konnte ich unbegrenzt kaufen. Dabei fragte ich mich manchmal, ob die Verkäufer mich wohl für einen Alkoholiker hielten oder ich verdächtig werden könnte, einen blühenden Schwarzmarkt zu unterhalten. Ebenso konnte das tschechische Kollegenpaar den Finnen aushelfen, die mit ihren damaligen tschechisch-slowakischen Pässen, den es zur Zeit der Sowjetunion mit ihren Vasallenstaaten noch gab, unbegrenzt einkaufen konnten. Dabei handelte es sich keineswegs nur um die „harten" Getränke, sondern oft auch nur um mehrere Flaschen des völlig normalen Bieres mit einem Alkoholgehalt von 3,5 Volumenprozent oder mehr. Nur Bier mit einem Alkoholgehalt von einem Prozent gab es in großen Läden frei zum Verkauf. Die staatlichen ALKO Läden waren aber bestens und vielseitig bestückt mit den allerfeinsten Cognac-und Whiskeysorten, Wodka, Likören aus fast ganz Europa. Bei einem Besuch dieser für einen Mitteleuropäer so wundersamen Stätte erzählte mir der Geschäftsführer, dass die Firma über weitaus mehr Getränke und Weißweine verfüge als in den Regalen zu sehen oder im Katalog zu lesen sei. Er war wohl selbst auch Einkäufer und so fachsimpelten wir über die deutschen Weine. Er könne mir bei Bestellung jede Sorte Wein, der aus erzieherischen Maßnahmen mit 11-13 Prozent Alkoholgehalt vom finnischen Staat nicht so hoch besteuert wurde, besorgen. Nun, ich nahm sein Angebot an und bestellte mir etwa ein oder zwei Kartons Riesling, die nicht auf der offiziellen Karte standen. Er würde mich anrufen, wenn geliefert werden könne. Doch nun kommt das i-Tüpfelchen: Ich arbeitete damals in Porvoo, als eines Tages von der Zentrale über die Kliniklautsprecher für alle die gut hörbare Mitteilung kam: „Herr Doktor Friedrich, die Firma ALKO teilt ihnen mit, dass ihre Bestellung eingegangen ist und Sie diese abholen möchten". Ich selbst konnte nur schmunzeln. Aber man kann sich nur vorstellen, wie nach dem oben Beschriebenen diese Ansage beim Klinikpersonal und den Patienten ankam. Zum Glück hatte man nicht die Menge gesagt. Dabei hatte ich doch nur das getan, was in Deutschland und anderen mitteleuropäischen Ländern durchaus üblich ist, die Bestellung eines Kartons Wein mit 6 oder 12 Flaschen, gut sortiert. Persönlich musste ich früher einmal erleben, dass ich am helllichten Tage von der Polizei angehalten wurde, weil ich eine einzige bei ALKO gekaufte Flasche Whiskey frei in der Hand trug. Ich hatte nur die für alle Finnen erkenntliche, braune Tüte mit der sichtbaren Aufschrift ALKO zur Bedeckung der Flasche entfernt. Das war mein Vergehen. Alkohol war

Teufelswerk. Das wurde auch in meiner nächsten Umgebung immer wieder auch deutlich gezeigt. Ich konnte nur immer wieder mit dem Kopf schütteln. Ein siebzigjähriger, ordentlicher Mann und keinesfalls Alkoholiker musste deshalb seine Flasche Wodka im Sommer immer hinten am Erdbeerfeld verstecken, damit seine Frau es nicht merkte. Er ging dann immer mal abends raus in den weitläufigen Garten, um angeblich nachzuschauen, ob die Beeren schon reif sind. An kalten Wintertagen gab er vor, Herzbeschwerden zu haben, worauf seine Frau ihm angstvoll erlaubte, schnell seine Schmerzen mit einem großen Glas Cognac wegzuspülen. Aber der Trick klappte auch zu anderen Jahreszeiten. Er wurde über neunzig Jahre alt. Aber auch deren Sohn sperrte sich auf der eigenen Toilette ein, wenn seine Mutter unangemeldet kam und sie nicht wissen oder erahnen sollte, wieviel Promille ihr Sohn gerade intus hatte. Ein anderer zukunftsträchtiger, junger Mann war bei einem feuchtfröhlichen Saunagang mit Freunden in den See gesprungen. Nur leider war das Wasser zu flach oder der große Stein dort nicht sichtbar. Die Folge: querschnittsgelähmt. Seine Zukunft war dahin. Irgendwann fing er zu trinken an. Das war dann seiner Familie zu viel „des Bösen". Zuerst im Suff ins Wasser springen und dann später gelähmt an der Flasche hängen, das ging nicht. Der familiäre Verkehr und Kontakt zu ihm seitens der Eltern, aber auch der im puncto Alkohol falsch erzogenen Geschwister wurde immer dünner. Solche Geschichten sind in Skandinavien leider kein Einzelfall. Die Anzahl der Menschen mit puritanischer Gesinnung oder derer, die sich mit ihrem Kampf gegen den Alkohol zu den Guttemplern zählen, ist nicht gering, wohl selbst heute noch. Ich will hier nicht richten. All das hat aber nichts mit

Alkoholismus zu tun, den es in Finnland durchaus gibt. Es ist die jahrhundertealte, für Mitteleuropäer eigenwillige Alkoholpolitik der skandinavischen Länder, die hier ihre negative Wirkung zeigt. Persönlich halte ich es da mit dem preußischen Kurfürsten Friedrich der Große, der sagte, jeder solle nach seiner Fasson glücklich werden. Mich persönlich stört es nicht nur in Finnland, sondern auch in Deutschland sehr stark, wenn andere Menschen mit ihrer anderen Gesinnung oder auch Religion, die man auch dazu rechnen muss, mich überzeugen oder gar umerziehen wollen.

Auto verschenkt, aber Arzt für Autorennen.

Noch in Deutschland wohnend hatte mein VW Käfer Cabrio seinen Geist aufgegeben. Da mein Portemonnaie nicht so groß war, hatte ich mir einen fast zehn Jahre alten, äußerlich chic aussehenden DKW Junior F in knalligem Blau für nur wenige D-Mark gekauft. Der Zweitürer zeigte zwar schon die ersten Rostspuren, aber der Dreizylinder-Zweitaktmotor lief noch tadellos. In dieses Auto hatte ich damals all mein Hab und Gut gepackt und war mit ihm nach Finnland gekommen. So stand der Wagen auf dem Innenhof der Frauenklinik neben den teuren Volvo-, Saab- und Renault-Wagen meiner Vorgesetzten. Anfangs schauten die Kollegen etwas mitleidig auf mein Auto herab. Aber dann wunderten sie sich doch, besonders im Winter. Während sie manchmal Schwierigkeiten beim Starten hatten, besonders dann, wenn ihr Auto unbenutzt wegen des Dienstes ein paar Tage dort gestanden hatte, sprang mein Wagen zwar langsam und meist geräuschvoll, aber immer sicher an. Ein Grund dafür war, dass die Lichtmaschine über den Zylindern angeordnet war und, was besonders wichtig war, es war ein Zweitaktmotor, der mit einem Gemisch aus Benzin und weniger Öl in einem bestimmten Verhältnis lief. Dies Auto hatte sogar eine Frischölautomatik, wodurch das Gemisch sich stets der Belastung des Motors anpasste. Gut, Technik hin und Technik her, der Wagen sprang auch bei tiefsten Minusgraden aber immer zur Bewunderung meiner Kollegen an. Ich war stolz wie Oskar, wenn ich an manchen kalten Tagen mit einem Überleitungskabel einem großen Volvo aus der Startbredouille helfen konnte. Mein Auto hatte nur einen Fehler, es rostete mehr und mehr. Denn vor vierzig bis fünfzig Jahren gab es noch keine Rostgarantie. In Finnland angekommen, fuhr ich brav mit meinem deutschen Register, was man offiziell als Tourist maximal bis zu einem Jahr durfte. Aber eigentlich war bei mir auch schon die Frist abgelaufen, denn ich arbeitete ja inzwischen als Anästhesist und hätte das Auto auf ein finnisches Kennzeichen ummelden müssen. In diesem Falle wäre aber nicht nur eine hohe Einfuhrsteuer, sondern auch eine technische Untersuchung fällig gewesen. Diese Überprüfung aber hätte mein altes „Studentenauto", anders gesagt „Rostkarre" niemals überstanden. Und die Einfuhr hätte damals, als die Pkw Steuer in Finnland noch besonders hoch war, mich ein Vermögen gekostet. Doch was sollte ich tun? Für eine grundlegende Reparatur war das Auto in einem zu schlechten Zustand. Ein schrottreifes Auto nach Deutschland zurückzuführen, wäre ein sehr teures Vergnügen gewesen. Um es in Finnland verschrotten zu dürfen, hätte ich es zunächst einmal offiziell einführen müssen. Auch wäre ein sehr hoher Einfuhrzoll, der sich nicht nach dem Alter oder dem Zustand des Wagens richtet, ebenfalls fällig gewesen. Doch dann gab mir irgendjemand einen Rat: Schenk Dein Auto doch dem finnischen Staat. Ich stutzte zunächst über diesen sehr ungewöhnlichen Tipp. Doch nach einigen Überlegungen kam ich zu dem Schluss, dass das wohl die beste Lösung sei. Also erkundigte ich mich, wo das Hauptzollamt ist und fuhr mit meinem geliebten, aber klapprigen und arg gerosteten DKW dorthin. Dort erklärte ich dem Beamten, ich wolle mein Auto dem finnischen Staat schenken. Erstaunt hakte er nach, ob das mein Ernst sei. „Ja", erwiderte ich, „ich benötigte lediglich eine amtliche Abmeldebescheinigung, möglichst in deutscher, notfalls auch in englischer Sprache für die deutsche Behörde, mehr nicht". „Kann man denn mit dem noch fahren", wollte er wissen. „Selbstverständlich, ich bin ja ganz normal jetzt mit dem Auto zu ihnen gekommen", kam von mir die Antwort. Der Beamte vertiefte sich in ein paar Gesetzbücher und Zollbestimmungen. Dann sah er auf und sagte: „Zwar komisch, aber es ist tatsächlich möglich. Kommen sie mit mir mit". Hinter dem Zollverwaltungsgebäude war ein großer eingezäunter Platz, auf dem viele Autos standen, alle in weit besserem Zustand als mein DKW, weitaus teurer und vom Zoll konfisziert. Er öffnete den Zaun und wies mir einen Platz, wohin ich den Wagen abstellen sollte. Noch einen traurigen Blick auf mein stolzes Gefährt und ein wehmütiges Tschüss. Der Beamte schloss die Tür wieder ab. „Und was passiert mit all den Autos", wollte ich wissen. „Die werden versteigert", kam die Antwort. Kein schlechtes Geschäft für den Staat, denn zu der Zeit kosteten Autos in Finnland ein Vermögen. Ich denke aber, mein Wagen kam unter die Presse. Eine richtig schöne Schenkungsurkunde bekam ich leider nicht, denn davon hätte ich mir als Unikat eine Kopie gemacht. Aber man gab mir eine schriftliche Bestätigung wie erbeten in englischer Sprache, die ich dann der Hamburger Behörde als Nachweis der Abmeldung schicken konnte.

Doch auch ohne Auto war dieses Thema noch nicht ganz abgeschlossen. Ich hatte in der Frauenklinik einen sehr netten Kollegen namens Iivo, der aber mit den anderen Kollegen nicht so guten Kontakt hatte, weil er „vom anderen Ufer" war. Wir Kollegen aber verstanden uns gut. Eines Tages kam er zu mir und sagte mir, er hätte ein Problem, ob ich ihm helfen könne. Dann berichtete er zu meiner völligen Überraschung, dass es im Norden Helsinkis eine Autorennstrecke gäbe, wo er an Wochenenden als Arzt eingesetzt würde. Doch diesmal wolle er selbst mit einem frisierten Tourenwagen an dem Rennen teilnehmen. Da er dann während dieser Zeit nicht seiner Funktion nachgehen könne, würde er sich freuen, wenn ich ihn als Arzt verträte. Anfangs wehrte ich ab, doch er überredete mich, im Notfall müsse ich nur Erste Hilfe leisten und dann würde der Verletzte sofort in die Uniklinik gebracht. Am nächsten Wochenende fuhr ich dann mit ihm zum *„moottoristadion"* von *Keimola* nördlich von Helsinki. Diese 3,3 km lange Rennstrecke gab es seit 1966 und wurde von dem berühmten Rennfahrer Curt Liesen eröffnet. Anfangs für Formel- 2 und 3- Rennen gedacht, fuhr man später auch Langstreckenrennen der Formel V und Tourenwagen. Leider wurde 1978, als ich wieder in Deutschland lebte, dieses Rennstadion geschlossen. Heute soll es angeblich zerfallen. Damals aber war die Welt noch in Ordnung. Mein Kollege machte mich im Fahrerlager als zuständiger Arzt für diesen Tag bekannt, wobei er betonte, dass ich aus Deutschland käme, was diesem Tausch ein wenig mehr Farbe gab, denn in diesen Kreisen gibt man sich ja gern international. Nachdem ich mich über die eventuellen Möglichkeiten meines Einsatzes informiert hatte, konnte ich mich im Fahrerlager gegenüber der Tribüne frei bewegen und nicht nur Benzin und viel Abgase, sondern auch das gesamte Milieu schnuppern, das interessant, aber mir sehr fremd und neu war. Überall liefen meist hektisch Fahrer und Monteure in bunten Overalls herum und ein paar „kesse Bienen", auch „Pisten Luder" genannt, hatten es auch geschafft, sich hier herein zu mogeln. Gespannt verfolgte ich die Rennen und hatte dabei eine irrsinnige Angst, dass etwas passieren könnte, besonders als mein Kollege mit seinem aufgemotzten Tourenwagen die Kurven fuhr. Anschließend hätte er mir ja im Notfall helfen können. Nun, ich hatte Glück, nichts passierte, aber ich hatte einmal hinter die Kulissen eines Autorennens schauen dürfen, so wie jemand, der im Theater hinter der Bühne steht. Eine andere Perspektive, die es sich lohnt, selbst zu erfahren. Das Bier tranken wir auf diesen Tag erst abends bei mir, denn in Finnland ist die Alkoholgrenze ja nullkommanull.

Die Bewerbung

Nach etwa anderthalb Jahren beherrschte ich die finnische Sprache so gut, dass ich es wagen konnte, mich beruflich zu verändern. Eine kurze Ausbildung in der Chirurgie hatte ich ja schon in Hamburg im UKE bekommen. Das Operieren hatte mir Freude gemacht, ich hielt aber die Allgemeinchirurgen nicht nur in ihrer Tätigkeit, sondern auch als Menschen für mich als ein wenig zu grob. Mich reizte die Kinderchirurgie. Aber da konnte man nicht einfach so anfangen und weitermachen, zunächst musste man eine reguläre Ausbildung in dem Fach Chirurgie bekommen und sich dann später gezielt weiterbilden. Also beschloss ich, mich um eine Assistenzarztstelle in der Chirurgie zu bewerben und setzte, wie ich es aus Deutschland kannte, eine Anzeige in die offizielle Ärztezeitung, *Lääkärilehti,* der Ärztekammer etwa mit folgendem Text: Junger deutscher Arzt mit finnischen Sprachkenntnissen sucht einen Ausbildungsplatz in der Chirurgie. Doch was ich mit dieser Anzeige auslösen sollte, konnte ich nicht im Geringsten ahnen. Fast alle Kollegen sprachen mich prompt auf diese Annonce an, nicht nur, ob ich mich nicht mehr an der Frauenklinik wohlfühle, sondern über den Modus der Anzeige. In Finnland ist es nämlich anders als in Deutschland völlig unüblich, dass ein Arzt über eine offizielle Anzeige in der finnischen Ärztezeitung einen Arbeitsplatz sucht und bei Erfolg sich dann seinen künftigen Arbeitgeber aussucht. Bis heute ist es genau umgekehrt. Die Krankenhäuser und kommunalen Arbeitgeber setzen im Rahmen einer Ausschreibung eine in Form und Inhalt identische Anzeige auf, auf die man dann reagieren kann. Wenn dann ein Gremium für die Planstelle einen Bewerber ausgesucht hat, werden ein paar Monate später die Namen der ersten drei Bewerber wieder in der offiziellen Ärztezeitung veröffentlicht. So kann man dann später genau namentlich lesen, dass beispielsweise von 12 Bewerbern der- oder diejenigen Drei in die engere Wahl gekommen sind. Da im öffentlichen Dienst keine schmusigen Zeugnisse geschrieben werden, sondern der Arbeitnehmer eine amtlich bestätigte Chronologie seiner Tätigkeit vom letzten Arbeitgeber ausgehändigt bekommt, mit der er sich dann auch später bewirbt, kann jeder bei der endgültigen Auswahl erkennen, auf welcher Höhe er selbst auf dem Arbeitsmarkt rangiert. Ja, es ist auch möglich, gegen diese Auswahl zu klagen. So bewirbt man sich auch manchmal nur deshalb, um in Erfahrung zu bringen, was man wert ist, ohne die Planstelle annehmen zu müssen. Dann rückt eben der/die Zweitrangige nach. Für mich bis heute ein durchaus transparentes, korruptionsfreies System, zumal die Ärztekammer selbst auch noch die Ausschreibungen und damit die Krankenhäuser überwacht. Gewährt beispielsweise ein kommunaler Arbeitgeber keinen Weitbildungsurlaub, bittet die Ärztekammer in ihrer Zeitung nach Erscheinen der Klinikanzeige um einen Rückruf eines potentiellen Bewerbers, um ihn ggf. zu warnen. Dieses gute und übersichtliche System hatte ich nun in meiner deutschen Naivität und Unkenntnis durcheinander gebracht. Aber meine nicht übliche Anzeige funktionierte durchaus. Von mehreren Seiten nahm man Kontakt zu mir auf. Der beste Anruf kam aus Porvoo, wo der Anrufer auch noch gut deutsch sprach und mich zu einem Vorstellungsgespräch bat. Ich

kannte Porvoo von meinen früheren Besuchen her einigermaßen. Es liegt nur 40 Kilometer östlich von Helsinki
und hat eine gut halbstündliche Busverbindung. Bevor die
Autobahn fertig wurde, fuhr man entlang der Schärenküste auf der Landstraße zum Ziel.

Porvoo oder Burg am Fluss

Die Bezeichnung *Porvoo* ist eigentlich eine uralte finnische Verballhornung des schwedischen Wortes „Borg", zu Deutsch Burg und dem schwedischem „A" mit Kringelchen, wofür das deutsche Wort Fluss steht, der sich von dem durch den Wintersport bekannten Ort Lahti bis in die finnische Bucht bei Porvoo ergießt. Es ist die zweitälteste Stadt Finnlands nach *Turku*, oder Abo, wo sprachlich die Worte und deren Bedeutung wieder auftauchen. Der Ort bekam schon 1380 die Stadtrechte. Die Brücke über den Fluss wurde schon 1421 erwähnt. Die Stadt wurde in den Jahrhunderten von Seeräubern, russischen Soldaten und bei anderen kriegerischen Auseinandersetzungen mehrmals zerstört. Einer der vorletzten zerstörenden, großen Brände im Jahr 1770 wurde aber beim Kochen von Fischsuppe ausgelöst. Zar Alexander der Erste versammelte 1809 in seinem Großherzogtum in *Porvoo* die Mitglieder des Reichstages. *Porvoo* war auch der Wohnsitz des berühmten Volksdichters Johan Ludwig Runeberg, mit dessen Nachfahr ich später zum Lachsangeln ging. Unübersehbar über den alten hölzernen Häusern der Altstadt thront die steinerne Domkirche, deren Bau auf das Jahr 1400 zurückgeht. Der Erbauer war vermutlich ein deutscher Kirchenarchitekt, der in der Region noch andere ähnliche Kirchen errichten ließ. Diese alte Domkirche, deren Turm wie so häufig in Finnland neben dem Hauptgebäude steht, sollte später auch meine Traukirche werden, was ich bei meinem ersten Besuch noch nicht erahnen konnte. Im Jahr 2006, als ich schon Jahrzehnte nicht mehr in Finnland lebte, wurde diese Domkirche nochmals durch einen Brand am Heiligabend mutwillig fast zerstört. Nach der Restaurierung erglänzt sie aber wieder in alter Pracht und überstrahlt die unter ihr liegende Altstadt, die heute zum Weltkulturerbe zählt. Kommt man von Helsinki und überquert die neue Brücke über den Fluss, so liegt linker Hand die Altstadt mit ihren Holzhäusern und den roten Fischerhäusern am Fluss, rechts aber erstreckt sich der Marktplatz mit einigen wenigen Gebäuden im Empirestil. Dieser Teil wurde leider nach dem zweiten Weltkrieg restauriert und die alten klassischen Gebäude durch einen modernen, aber für mich hässlichen Baustil ersetzt. An einigen Stellen lässt sich noch die ehemalige Schönheit des Marktes erahnen. Von hier aus fuhr ich nun fuhr flussabwärts etwa 2 Kilometer in Richtung Krankenhaus, um mich dort vorzustellen.

Das Krankenhaus von Porvoo

Der Fluss wurde fast kilometerbreit, war aber zur Hälfte von Schilf bewachsen, in dem man die vielen Wasservögel nur erahnen konnte. Vom Ufer nur durch eine Straße getrennt lagen die hell getünchten Klinikgebäude und etwas abgesetzt davon die Dienstgebäude für das Personal und die Bungalows der leitenden Ärzte. Alles machte einen sehr freundlichen Eindruck. Nachdem ich mich angemeldet hatte, begrüßte mich kurz darauf mit freundlichen deutschen Worten der leitende Oberarzt der Chirurgie, Fredrik Rejman. Er sollte später für mich ein sehr guter älterer Freund und Lehrer werden. Mit ihm hatte ich telefoniert, er hatte mich nach Porvoo gebeten. Während ich bei der ersten Vorstellung gern meine Kenntnisse in der finnischen Sprache im Gespräch gezeigt hätte, wollte er mir zeigen, wie gut er deutsch könne. So redeten wir beide einmal in der einen, einmal in der anderen Sprache. Wir verstanden uns auch menschlich auf Anhieb. Schließlich wurde ich dem Chef der Chirurgie vorgestellt, der mich sehr in seinem Aussehen und in seinem Auftreten an meinen väterlichen Großvater Wilhelm Friedrich erinnerte. Gut aussehend, weißhaarig, im Verhalten leicht distanziert und sehr korrekt. Ich wusste inzwischen, dass es in Finnland einen eklatanten Mangel an Ärzten gab und war mir sicher, dass man mich haben wollte, trotz der ungewöhnlichen Bewerbung. Gezögert hatte man nur wegen meiner Sprachkenntnisse. Denn in den sechziger und siebziger Jahren sprachen nur sehr wenige Ausländer finnisch. Schon beim Warten in der Klinikhalle konnte ich auf der

Anzeigetafel lesen, dass fast alle Ärzte dort einen schwedischen Familiennamen hatten. Im Gegensatz zu Helsinki waren alle wichtigen Anzeigen in schwedischer Sprache. Erst später erfuhr ich, dass in der Region um Porvoo zu dreißig Prozent schwedisch gesprochen wurde. Ob ich auch die schwedische Sprache beherrsche, wollte er wissen, was ich verneinte. Ich hätte in den letzten 15 Monaten genug Mühe mit dem Erlernen der finnischen Sprache gehabt. Aber ich würde Schwedisch teilweise verstehen, da ich in Tübingen einmal einen Schwedisch- Kursus besucht hätte und ich das Plattdeutsche, was diesem sehr ähnlich sei, verstünde. Er schmunzelte, war aber mit meiner Anstellung einverstanden, mit der Verwaltung sei aber Einiges noch abzuklären. Vielleicht aber hatte er auch zwischendurch mit der Frauenklinik in Helsinki telefoniert. Ich selbst hätte es jedenfalls unter diesen Umständen getan. Im Gespräch erfuhr ich, dass es sich um ein neueres Kreiskrankenhaus der Stadt Porvoo und der umliegenden Gemeinden handele mit einem Einzugsgebiet von bis zu 50 Kilometern und den drei Hauptabteilungen Chirurgie, Innere, Gynäkologie und Geburtshilfe, Radiologie, Anästhesie und einer Kinderabteilung. Dazu kam für alle relevanten Abteilungen eine große, gut besuchte Poliklinik. Ein großes Labor, anders als in Deutschland von einem Biochemiker geleitet, erbrachte die notwendigen medizinischen Untersuchungen. Jede Abteilung hatte bis auf die Anästhesie und Radiologie etwa 2 bis 3 Stationen mit circa 30 bis 40 Betten. In ähnlich großen Krankenhäusern hatte ich in Deutschland während meines Studiums stets in den Semesterferien gearbeitet. Man gab sich die Hand, besprach den Arbeitsantritt und jemand zeigte mir die Wohnung, wo ich die nächsten Jahre bleiben sollte. Dass es die glücklichste Zeit meines Lebens, sowohl privat als auch beruflich werden sollte, ahnte ich zu diesem Zeitpunkt noch nicht.

Meine erste Wohnung

Auf der gegenüberliegenden Seite des an der Bucht liegenden Krankenhausgeländes erstreckte sich ein großes
Waldgebiet. Neben dem eigentlichen Klinik-und Versor-
gungsgebäude lagen ein größeres mehrstöckiges Haus mit
kleineren Wohnungen für die Krankenschwestern, soweit
sie noch keine Familie hatten oder anderswo wohnten.
Außerdem befanden sich dort wie in einem Park eingebet-
tet vier große Bungalows, aus deren Fenstern man über
die weite Flussmündung blicken konnte. Schließlich gab es
noch ein langgestrecktes, einstöckiges Reihenaus mit Blick
in Richtung zur Flussniederung. Von der Klinik führte ein
schmaler Fußweg zu dem hübschen, hell getünchten Rei-
henhaus in dem parkähnlichen Gelände. Als ich die mir zu-
gedachte Wohnung sah, war ich hell begeistert. Sie sollte
für ein paar Jahre mein erstes richtiges Zuhause werden.
Schließlich hatte ich mit neunzehn Jahren die mütterliche
Wohnung verlassen und bis jetzt immer nur provisorisch
gewohnt, wenn auch stets ein wenig gepflegt. Mittlerweile ging ich auf das zweiunddreißigste Lebensjahr zu.
Ein großes Wohnzimmer, ein Schlafzimmer, ein Gästezim-
mer, eine kleine Küche mit eingebautem Mobiliar und ein
Bad mit WC gehörten dazu. Überall Einbauschränke, wie
das in Finnland so üblich ist, und, wie kann es anders sein,
ein schöner heller Holzfußboden. Zu der etwa 75 qm großen Wohnung gehörte ein Keller. Dort gab es auch eine
mit Holz zu beheizende Sauna, die zu jeder Zeit von allen
Hausmitbewohnern nach Einigung unbegrenzt genutzt
werden konnte. Jetzt ging es daran, die Räume so schnell

wie möglich zu möblieren, was aber mit der skandinavischen Schlichtheit nicht schwer war. Vieles suchte ich in Helsinki in dem großen Kaufhaus „Stockmann" aus, die es dann auch anlieferten. Ein paar von den vielfältig verwendbaren schachtelartigen Regalen finden sich nach fast fünfzig Jahren immer noch in meinem Haushalt. Wenn man nichts hat, macht es richtig Freude, sich völlig neu einzurichten, von der Tasse über den Sessel bis zur Klobürste. Nur ein kleines Zimmer ließ ich vorerst unmöbliert. Es dauerte aber nur wenige Monate, da stand auch ein Klavier in meiner Wohnung. Fast zwei Jahre lang hatte ich nicht mehr gespielt. Hatte ich doch selbst in meinen Studentenbuden in Hamburg stets mein eigenes Klavier, auf dem ich zur Examenszeit sogar zur Entspannung zwischen den Lese- und Lernphasen Czerny Etüden geübt hatte. Jetzt fehlte mir etwas. Da ich aber nicht wusste, wo und wie lang ich in Finnland leben würde, da die Rückkehr nach Deutschland zumindest zu dem Zeitpunkt noch angedacht war, machte ich mit der bekannten Firma Fazer in Helsinki, die damals auch sehr gute Pianos baute, einen Mietvertrag. Das funkelnagelneue Klavier wurde in Porvoo angeliefert. Nun konnte ich jeden Abend und an Wochenenden zur tatsächlichen Freude meiner Mitbewohner im Haus wieder Musik machen. Die Freude bei ihnen war echt, denn Finnen lieben nicht nur Musik, sie sind auch wirklich musikalisch. Selbst wenn ich mal um Mitternacht nach einer Biersause auf dem Gerät herumhämmerte, nahmen sie mir das nicht übel. Als ich dann später heiratete, wurde der Mietvertrag in einen Mietkaufvertrag gewandelt und mir die bisherigen Einzahlungen angerechnet. Das Klavier kostete mich damals insgesamt rund 4000 Finnmark, was damals der Kaufkraft von etwa 4000

Euro entsprach. Als ich dieses Klavier im Jahr 2002 nach meiner Pensionierung in Bremen für ein neues Piano, ein tschechisches Rebrow, in Zahlung gab, rechnete man mir wieder 4000 Euro als Zahlung an. Kein schlechtes Geschäft und wohl auch ein sehr gutes Fazer-Piano.

Neue Freunde, Nachbarn und Kollegen

Wichtig waren auch für mich als Junggeselle auch gute menschliche Beziehungen. Also bat ich nach alter deutscher Sitte alle Nachbarn und neuen Kollegen an einem Sonntag um elf Uhr zu einem Umtrunk. Für die sonst sehr zurückhaltenden Finnen etwas ungewöhnlich. Pünktlich um elf Uhr oder danach, aber keineswegs früher, wie ich den Finnen gegenüber wiederholt betonte. In Deutschland begänne ein Frühschoppen üblicherweise erst ab 11 Uhr, da man erst nach dem Ende des Gottesdienstes trinken dürfe, erzählte ich ihnen mit einem Augenzwinkern. Für Alkoholika hatte ich neben kleinen Snacks natürlich ausreichend gesorgt. Ein Frühschoppen war den Finnen mit ihrer eigenwilligen Alkoholpolitik völlig fremd, also ein guter Grund, diesen sich nicht entgehen zu lassen. Sie kamen fast alle. Viele von ihnen sollten später meine Freunde werden. Fast alle feierten gut ein Jahr später mit mir meine Hochzeit.

Über mir ein Stockwerk höher wohnte Liisa. Sie war die Oberärztin der gynäkologischen Abteilung und etwa 50 Jahre alt. Ihre Stimme war auffallend rauchig, aber durchaus erklärbar bei den Unmengen an Zigaretten, die sie so pro Tag vernichtete. Liisa lebte allein nach ihrer Scheidung von einem Professor der Medizin, besaß für Finnen einen sehr beißenden Humor und konnte unentwegt lustige Geschichten erzählen. So berichtete sie, wie ihr Ehemaliger einmal auf einem Ärztekongress gewesen sei und dabei einer der Teilnehmer vermutlich mit einem Herzinfarkt zusammenbrach. Hilflos standen die gestandenen Professoren der Medizin um ihn herum, bis ein Teilnehmer laut in die Runde fragte: „Ist denn kein Arzt im Raum"? Der kam, aber später von außerhalb. Nebenan wohnte Osmo, ebenfalls Assistenzarzt. Er hatte in Deutschland wie seinerzeit viele Finnen studiert   und war mit einer Schwedin verheiratet. Mangels Lehrkapazitäten schickten nicht nur Finnland, sondern auch die anderen skandinavischen Länder ihre Medizinstudenten ins Ausland, vornehmlich nach Deutschland, aber mehr in die damalige DDR. Die Universitätsstadt Rostock war sehr beliebt und auch preisgünstig, während sich Heidelberg nicht alle leisten konnten. Das Auslandsstudium wurde vom Staat finanziell unterstützt. In der Wohnung nebenan wohnte ebenfalls ein Assistenzarzt. Er und seine junge Frau waren schwedischsprachig, was man auch bei ihrem Finnisch sehr gut hören konnte. Auf alle Fälle kam er nicht aus Helsinki, wo die schwedisch sprechende Bevölkerung wenn nicht einen Slang, so doch ein gutes Finnisch spricht. Dieser junge Mann machte sich nach seinem Ausscheiden aus der Klinik einen Namen, als man in seinem Klinikschrank und Schreibtisch später massenweise unbearbeitete Krankengeschichten fand, die man nach langer Suche schon auf die Verlustliste gesetzt hatte. Udo, ein weiterer Nachbar und ebenfalls Assistenzarzt, hatte, wie man schon an dem Namen erahnt, einen deutschen Vater. Davon gab es in Finnland mehr als man denkt. Schließlich war ja die deutsche Wehrmacht in den zwei Kriegen zwischen Russland und Finnland ein militärischer Freund der Finnen, bis die Armee dann 1944 vertrieben wurde und bei ihrem Rückzug nur brennende Erde besonders in Lappland, besonders um Rovaniemi hinterließ. Dennoch bestanden nach dem Kriege keine Ressentiments gegen die Deutschen oder ihre Hinterlassenschaften, zu denen Udo zu zählen war. Udo war dreisprachig. Er sprach nicht nur fließend finnisch und deutsch, sondern auch sehr gut schwedisch, da auch seine Frau Schwedisch als Muttersprache hatte.

Wie man sieht, waren alle um mich herum verheiratet, auch die Jüngeren und Gleichaltrigen. Anfangs wurde ich immer wieder gefragt, ob es stimme, dass ich unverheiratet sei, was ich bejahte. In Finnland nämlich war es durchaus üblich, schon während des Studiums oder sonstigen Ausbildung als Mann mit etwa 25 Jahren zu heiraten. Auch dann, wenn man noch nicht mit der Ausbildung fertig war, wurde es von der Gesellschaft voll akzeptiert. Eine frühe Eheschließung wurde auch gefördert, da es bei Bedarf ausreichend, aber auch streng regulierte Kinderkrippe gab, ebenso wie ein Kindergarten häufig einem Krankenhaus angegliedert war. Auch bekamen die jungen Eheleute eine staatliche Unterstützung zur Ausbildung, was eine große Hilfe war. Dies hat sich bis zum heutigen Tage nicht geändert. Anders als in Deutschland, wo Akademiker meist nach dem dreißigsten Lebensjahr sich das Ja-Wort geben, heiraten Finnen etwa drei bis fünf Jahre früher.

In einem der Bungalows zum Fluss hin wohnte der etwa vierzigjährige Chef der Kinderabteilung mit seiner Frau. Beide sehr liebenswerte Menschen, die zwei Kinder hatten. Auf der einen Seite wohnte Kurt, Chef der Anästhesie, mit seiner Frau „Ami" oder Anna-Maria. Während Kurt so ein typisches Stadi-Finnisch oder Helsinki-Dialekt sprach, tat sich Ami mit schwedischer Muttersprache etwas schwerer mit der finnischen Sprache. Von beiden vorstehendgenannten Ehepaaren habe ich später gelernt, dass es für ein heranwachsendes Kind äußerst wichtig ist, dass bei einer zweisprachigen Familie jedes Elternteil stets seine Muttersprache mit ihm spricht. Dann wachsen Kinder ohne Mühe sofort mit mehreren Sprachen auf und erlernen im späteren Leben sehr viel leichter eine weitere Sprache. Kurt und Ami hatten einen Sohn. Beide waren fröhliche Menschen, die auch gern feierten. Wenn Kurt merkte, dass es bei mir ein deutsches Gericht gab, fand er immer einen Grund, kurz vorbeizukommen. Chefarzt klingt gut und bezieht sich wohl mehr auf die Gehaltsstufe, denn er war der Einzige seiner Abteilung. Unterstützt wurde er von ausgebildeten Anästhesie-Schwestern. Wurden mehr Narkoseärzte gleichzeitig benötigt oder hatte er keinen Dienst, musste man andere Wege finden, was ich später noch merken sollte. Daneben wohnte mein Chef. Er war der einzige ältere Arzt neben dem Internisten und gut über fünfzig Jahre alt. War es der Altersunterschied von zehn oder zwanzig Jahren oder war es sein Charakter oder seine Position? An unseren meist fröhlichen Geselligkeiten nahm er nie teil. Aber sein Oberarzt, Freddy genannt, vertrat ihn auch hierbei bestens. Freddy hatte mit seiner Frau drei Kinder. Er hatte wohl als Kind unter Knochentuberkulose mit Wirbeleinbruch gelitten und deshalb einen kleinen Buckel. Er sollte in den kommenden zwei Jahren mein Lehrer, Mentor und Freund werden. Operationserfahrungen hatte er schon in jungen Jahren gewonnen, besonders als er als sehr junger Arzt mutig für viele Monate für die gesamte, norwegische Walfangflotte in der Antarktis zuständig war. Von diesen seinen Erlebnissen erzählte er mir immer bei den Operationen, wenn der Eingriff schon zur Routine sich wandelte. Darüber hat er später ein Buch zunächst in Schwedisch geschrieben, was in ganz Skandinavien zu lesen war. Danach übersetzte er sein Buch auch noch selbst ins Finnische. Als er mir diese Ausgabe schenkte, habe ich das Buch, jetzt schon selbst im Pensionsalter, ins Deutsche vollständig übersetzt. Diese Version wurde aber bisher nicht veröffentlicht. So möchte ich hier eine von den vielen Erlebnissen, die ich mehrfach hörte, in der Kurzfassung zum Besten geben:

Für Freddy, der schon während des Studiums chirurgische Erfahrung sammeln konnte, war die Anstellung als einziger Arzt auf dem Mutterschiff der Walfangflotte höchst verantwortlich. Hilfe konnte er von nirgendwo erwarten. Zur nächsten Klinik auf dem Festland dauerte die Reise von der Antarktis mehrere Wochen. Hubschrauberhilfe konnte man vergessen. So erkrankte eines Tages ein Besatzungsmitglied höchst bedenklich. Das Fieber stieg, der Patient wurde immer gelber und die Antibiotika- Infusionen und andere Medikamente halfen nicht. Also war er gezwungen, den Bauch aufzuschneiden, um nach dem Rechten zu sehen. Und das bei bis zu 20 Meter hohem Wellengang. Stabilisatoren hatten die Schiffe damals noch nicht. Er bereitete alles vor. Der Stewart, der eine kurze Sanitätsausbildung genossen hatte, sollte den Äther über die Atemmaske des Kranken tropfen. Der Koch sollte deshalb bei der Operation assistieren, weil ihm Blut nicht fremd war. Dann kam das vorher abgesprochene Kommando zur Brücke, das riesige Walfangmutterschiff für eine gewisse Zeit während der Operation quer zum Wellengang zu legen, damit man den Schnitt auch gerade führen konnte. Schließlich musste die mit Steinen gefüllte, entzündete Gallenblase, die an allem schuld war, entfernt werden. Dem Stewart wurde dabei schlecht, aber er hielt durch, der Koch kippte vom Tisch um, bekrabbelte sich aber wieder. Nach zwei Stunden schließlich konnte auch das Schiff wieder senkrecht zum Wellengang unter Aufatmen des Kapitäns gelegt werden. Es dauerte noch eine gute Woche, bis der vorher quittegelbe Seemann sich von seiner Tortur erholte, andernfalls wäre er gestorben. Solche und viele andere Stories erzählte Freddy mir und der Operationsmannschaft, die wir immer wieder gern hörten, während er mich in die Künste der Chirurgie einweihte.

In einem der Bungalows wohnte Clas Runeberg mit seiner Familie. Er leitete die gynäkologisch-geburtshilfliche Abteilung und war ein echtes Kind aus Porvoo. Die Familie Runeberg lässt sich bis ins sechzehnte Jahrhundert in Schweden und Finnland zurückverfolgen. Sie hatte erheblichen Einfluss auf das Leben beider Länder, besonders in Finnland. Der Berühmteste von ihnen war der Volksdichter Johan Ludvig Runeberg (1804- 1877), von dem unter anderem der Text der finnischen Nationalhymne *Maamme* - unser Land – stammt, die von Pacius vertont wurde. Paavo Kajander übersetzte den ursprünglich schwedischen Text ins Finnische. Die Familie des Johan Runeberg lebte seit 1837 in Porvoo. Als der berühmte Ahnherr starb, soll sich eine der längsten Trauergesellschaften gebildet haben. Als die Spitze des Trauerzuges beim Grab ankam, waren die letzten Trauergäste noch nicht einmal vom Trauerhaus aufgebrochen. Clas nun war nicht der erste und einzige Mediziner von seinen Vorfahren. Er war verheiratet und hatte drei Kinder. Wie die meisten Finnen, die in der Regel niemals ihre Herkunft oder ihre gute Ausbildung oder Reichtum zeigen, so war auch Clas ein ganz bescheidener, netter, stets freundlich lächelnder Mann.

Lachsangeln an historischem Ort

An einem Wintertag, es war wirklich bitterkalt und unter 20 Grad, fragte mich Clas, ob ich schon einmal Lachs geangelt hätte. „Im Winter, im Eis, bei dieser Kälte", fragte ich erstaunt. „Nun ja, das geht, aber an einem Wasserfall, der nicht zufriert", erwiderte er, „wir könnten für ein bis zwei Tage zum Fischerhaus seiner Familie fahren". Wir verabredeten uns und jeder von uns beiden kaufte nun reichlich Bier, aber auch fertige Tüten- Fischsuppe ein. Man war ja nicht sicher, ob es denn mit dem Fischfangen klappen könnte. Als wir beide dann unsere Einkäufe ins Auto packten, mussten wir herzhaft lachen, denn jeder von uns beiden hatte völlig unabhängig voneinander exakt das Gleiche und weit mehr als notwendig besorgt. Bei klirrendem Winterwetter ging es in seinem Wagen in Richtung Norden. Vorbei an der Industriestadt Tampere mit seinem bekannteren Wasserfall „Tammerkoski" folgten wir dem Flüsschen „Tammer", bis es immer einsamer wurde und wir schließlich vor einem großen, uralten Holzhaus standen, das der Familie Runeberg seit mehr als einem Jahrhundert gehört und von allen Familienmitgliedern genutzt werden kann. Das Grundstück lag direkt an einem mittelgroßen Wasserfall. Im Geiste hatte ich mir einen meterhohen, regelrechten Wassersturz wie eine Klamm in den Alpen vorgestellt. Davon aber konnte weder hier, noch überhaupt in ganz Finnland die Rede sein. Bei den Wasserfällen, die ich in Finnland kennengelernt habe, handelte es sich um breitere, weitläufigere Gebiete mit vielen einzelnen Steinen und Geröll, die man teilweise auch ohne Schwierigkeiten überqueren kann und durch die das Wasser mit nur geringerem Gefälle, aber dennoch schnell und sprudelnd seinen Weg sucht. Der Fisch also musste dennoch ganz schön kräftig sein, um stromaufwärts gegenanzuschwimmen, um zu den Laichplätzen zu kommen.

Wir betraten das Blockhaus, das lang nicht mehr genutzt worden war, öffneten als erstes die Fensterschläge und sämtliche Türen zur Lüftung und suchten Holz für den Kamin. Niemand von uns beiden sprach ein Wort, denn die Aussicht auf die erste Nacht in einem doch sehr kalten Haus war nicht sehr angenehm. Mittlerweile war es draußen schon dunkel geworden. Aber Clas hatte es geschafft, vor Beginn der völligen Dunkelheit, das heißt im finnischen Winter vor 16 Uhr nachmittags, das Kaminfeuer anzuzünden, während ich überall die zusammengesuchten Kerzen in dem großen Raum verteilte. Nur unsere Winterstiefel hatten wir ausgezogen. In Finnland werden grundsätzlich die Schuhe am Haus- oder Wohnungseingang ausgezogen, auch im Sommer. Ansonsten aber hatten wir noch beide unsere volle Winterbekleidung an, denn die Sauna zum Aufwärmen aufzuheizen, hatten wir nicht mehr geschafft. Während Clas sich in ein altes Sofa fallen ließ, suchte ich daneben den großen Schaukelstuhl auf. Ich schaute mich um und versuchte mir bei der schummrigen Beleuchtung ein Bild zu machen. Das Haus, mit etwa vierzig Zentimeter dicken Blockbalken gebaut, sah wirklich mit seiner Einrichtung über hundert Jahre alt aus. Alles zwar sehr gemütlich, aber alt und ein wenig schmuddelig. Ein paar Regale mit alten, aber auch neueren Büchern, soweit ich das bei der Beleuchtung an den

Buchrücken überhaupt erkennen konnte. Hier ein Rentier-
fell, dort eine Wolldecke. An einer Wand der typisch finnische Wandteppich, *ryijy,* den die finnischen Frauen auch
heute noch in langen und dunklen Winterabenden weben.
An einer Seite eine Tür, die wohl zu einer Schlafkammer
führte. Aber daneben auch ein sehr kleines Holzbett. Wer
soll denn darin nächtigen, fragte ich mich. Clas bemerkte
meinen fragenden Blick, stand auf, ging zu dem kleinen
Bett und es anfassend forderte er mich auf, das Gleiche zu
tun. Dann zog er einmal kräftig an der kurzen Bettseite.
Mit zwei Handgriffen war es einen Meter achtzig lang. Ich
staunte, so klein waren also seine Vorfahren denn doch
nicht. Es war ein Bettsystem, wie es in Finnland schon
lange genutzt wird. Es spart Platz am Tage, kann aber mit
einem heranwachsenden Kind bis ins Erwachsenenalter
immer mitwachsen. Nur die Matratze wird immer dünner.
Denn sie besteht aus einem einfach mit trockenem Heu
oder Stroh gefüllten Sack und muss nur gut aufgeschüttelt
werden. Dank einiger mitgebrachter Flaschen Bier und
Gläschen *„Koskenkorva",* der Edelmarke unter den heimi-
schen Wodkasorten, schliefen wir in voller Montur sehr
schnell ein. Zum Glück, denn am Morgen war das Feuer im
Kamin völlig niedergebrannt. Wir aßen den Rest unserer
Brote, die uns unsere Frauen in weiser Voraussicht mitgegeben hatten und schlürften den heißen Kaffee finnischer
Art.

Finnen gehören nicht nur zu den größten Speiseeisessern
Europas, sie sind auch die besten Kaffeetrinker. Doch
mancher spezialisierter Kaffeetrinker würde sich, wenn er
die originale Zubereitung sähe, nur wundern. Diese ist im
Prinzip immer gleich, egal ob man in der skandinavischen

Einöde sich das Getränk über dem offenen Feuer, daheim am offenen Kaminfeuer oder auf dem mit Holz beheizten Küchenherd oder heute auf der elektrischen Kochplatte bereitet. Es muss ein größerer Wasserpott mit bügelartigem Henkel, einem festen Deckel und einer S-geschwungenen Tülle bzw. röhrenartigen Ausguss sein. In manchen Küchen findet man diese Kannen oder auch Töpfe noch aus Kupfer, was dem menschlichen Zentralnervensystem in größeren Mengen nicht gerade zuträglich ist. Man füllt also das Gefäß mit einer Unmenge an relativ grob gemahlenem Kaffee und anschließend mit kaltem Wasser. Alles wird dann erhitzt, bis die brodelnde Kaffeemasse fast aus dem Topf blubbert. Erst dann nimmt man den Topf vom Feuer und wartet ab, bis sich der gesamte Kaffeesatz auf den Boden gesetzt hat. Nun ist nach etwa zehn Minuten Ziehen alles zum Trinken fertig. Man muss nur noch äußerst vorsichtig den dunklen Kaffee ohne zu schütteln in die Tasse oder den Becher gießen, dass kein Kaffeesatz mit in die Tasse hineinrutscht. Zum Schluss fügen echte Finnen noch mindestens drei bis vier gehäufte Löffel Zucker in ihre Tasse oder Becher und behaupten, dies sei das beste Kaffeerezept auf der Welt. Wer es noch besser machen will, gießt den Kaffee erst in eine Untertasse, nimmt ein Würfelstück Zucker zwischen die Zähne und schlürft dann möglichst laut das Gebräu in sich hinein. Das hat man mir aber nur so demonstriert, wirklich so getrunken habe ich es zum Glück nie gesehen.

Aufgewärmt zogen wir uns alles übereinander an, was wir an Kleidung mithatten, denn draußen war es bitterkalt, um die zwanzig Grad minus oder noch kälter. Vorher hatten wir noch den Kamin wiederbelebt und dafür gesorgt, dass dieser jetzt über den ganzen Tag lang unser Domizil langsam aufheizen konnte. Dann erklärte mir Clas am Tisch auf der Außenveranda, wie denn eine Lachs-Angel zu bedienen sei, die er aus dem Schuppen nebenan und aus seinem Auto die Köder dazu geholt hatte. So stiefelten wir in Richtung des nicht weitab liegenden Wasserfalls. Viel Schnee lag nicht, dafür aber war am Wasser alles vereist. Besonders auf den großen Steinen konnte man jetzt sehr gut ausrutschen. Wir teilten uns auf, der eine stand weiter oben und der andere unterhalb, aber immer noch so in Rufnähe, dass wir uns trotz des Rauschens des Wassers verständigen konnten. Doch so sehr ich mich auch bemühte, ein Fisch biss nicht an, noch nicht einmal im ruhigeren Gewässer ein Barsch. Meinem Gastgeber erging es nicht anders. Nach ein paar Stunden gaben wir es auf und trollten uns enttäuscht in unsere Hütte, die durch den Kamin nun schon gut geheizt war. Am Nachmittag versuchten wir es noch einmal, aber wieder ohne Erfolg. Eigentlich sollte ja am Abend Lachs aus der Pfanne oder vom Grill auf unserer Speisekarte stehen. Doch stattdessen war es jetzt eine Lachssuppe aus der Fertigtüte mit einem Stück Brot. Den Lachs musste man sich nur dazu denken. „Aber hier gibt es doch Lachs", fragte ich Clas, der dies sofort bejahte, aufstand und vom Regal eine große buchartige Kladde holte und mir zu lesen gab. Es war das Protokollbuch, in dem seit rund einem Jahrhundert jeder Besucher dieses Hauses am Wasserfall peinlichst genau eingetragen hatte, wann er welchen Fisch und in welcher Größe und mit welchem Gewicht geangelt hatte. Mal war es in schwedischer, mal in finnischer Sprache geschrieben. Auf alle Fälle konnte ich hier lesen, es gab tatsächlich Lachs über viele, viele Jahre. Und das waren keineswegs kleine

Exemplare. Es sah ganz danach aus, dass wir wohl Pech hatten oder - ehrlich gesagt - einfach zu dusselig zum Angeln waren, wenn ich von mir spreche. Abends stöberte ich noch einmal in den Bücherregalen, die aber mehrheitlich in Schwedisch geschrieben waren, was ich nur mäßig verstand. Ob ich auch dabei das berühmte Werk Johan Ludvig Runebergs „ Fähnrich Stahl", aus dem die Worte der Nationalhymne stammen, in den Händen hatte, weiß ich nicht. Auch der morgendliche Versuch, wenigstens für unsere Frauen einen Lachs zu angeln, scheiterte. Wir packten, räumten das Haus auf und fuhren zurück gen Porvoo. Erst viele Jahre später wurde mir bewusst, an welchem historischen Ort ich gewesen bin. Auf deutsche Verhältnisse übertragen wäre es so gewesen, als wenn ich völlig privat in der großen Fischerhütte von Schiller oder Goethe ein Wochenende verbracht hätte.

Arzt im Kreiskrankenhaus von Porvoo

Beim Vorstellungsgespräch hatte mich mein zukünftiger Chef Henrik außer nach meiner chirurgischen Vorbildung am UKE in Hamburg auch nach meinen Kenntnissen in der schwedischen Sprache gefragt. Seine Frage war auch verständlich, denn nicht nur ein Drittel der Patienten, sondern auch die Krankenschwestern- und pfleger sprachen im privaten Bereich schwedisch. Vom Personal beherrschte aber alle fließend die finnische Sprache. Nur am Akzent merkte sogar auch ich, mit wem ich es zu tun hatte. Auch die Krankengeschichten selbst und Behandlungsprotokolle waren oft in Schwedisch verfasst. Doch es dauerte nicht lang, dass ich deren medizinischen Inhalt auch gut verstand, und darauf kam es an. In Finnland hat jeder Bürger das Recht, beim Amt oder im Krankenhaus in seiner Muttersprache angesprochen zu werden. Aber meist waren die schwedisch sprachigen Patienten ganz umgänglich und sprachen mit mir auf Finnisch, wenn sie merkten, dass das Schwedische nicht gerade meine Stärke war. Nur wenn eine ältere Frau von den Schäreninseln kam, die ihr ganzes Leben nur schwedisch gesprochen hatte, bemühten wir uns gegenseitig helfend zu verständigen. Ich sprach mein plattdeutsches Kauderwelsch und sie antwortete auf Schwedisch, aber nur sehr langsam. Hinzu kommt auch, dass man sich für viele Situationen sich stellende Fragen oder Sätze und Redewendungen aneignen kann. Aber es kam auch im Dienst die alkoholisch angesäuselte junge „Flicka", die mich jungen Arzt wohl nur provozieren wollte und verlangte, dass ich schwedisch mit ihr spräche. In solchen Situation erwiderte ich sehr deutlich:

„Jag talar finska, engelska ok tyska men inte svenska". Und siehe da, in ihrer Angst, ich könne sie dann doch beim Zunähen ihrer harmlosen Wunde zwacken, sprach sie fließend finnisch, was sie ja zumindest als erste Fremdsprache auf der Schule hatte. Aber auch die polyglotten Krankenschwestern waren eine Hilfe. Heute bedaure ich es außerordentlich, dass ich nicht in dieser Zeit einen Sprachkursus besucht habe. Aber die finnische Sprache gut zu erlernen, war einfach für mich zu diesem Zeitpunkt wichtiger. Hier legte ich auch später eine Sprachprüfung ab.

Im Tagesablauf trafen sich morgens alle Ärzte in der Röntgenabteilung, um gemeinsam mit dem Radiologen die Aufnahmen des Vortages zu besprechen. Danach ging es nicht anders als in Deutschland auf die Stationen, auf der neben den allgemein chirurgisch Erkrankte auch viele orthopädische Fälle lagen, denn dies war der Schwerpunkt des chirurgischen Chefs, während Freddy die Abdominal Chirurgie vorzog. Mir sollte es nur recht sein. So bekam ich von beidem etwas mit. Während man heute der Meinung ist, Menschen mit Rückenproblemen möglichst schnell zu mobilisieren, wurden sie damals oft wochenlang ans Bett „gefesselt". Am Fuß baumelten dann schwere Eisengewichte, um die Wirbelsäule zu strecken. Es konnten aber auch richtig schwere Backsteine sein, die ich vorher gewichtsmäßig ausmessen musste, wenn die Anzahl der genormten Eisengewichte nicht ausreichte. Auch in diesem Krankenhaus hatte jede Station ihre eigene Sekretärin, die die Schwestern und Ärzte vom Bürokram entlastete und auch sofort den Arztbrief schrieb. Nachdem ich meinem Oberarzt, seltener auch meinem Chef bei den Operationen, jeden Morgen assistiert und fleißig das „Knotenbinden" geübt hatte, wurde ich schrittweise in die Kunst des selbstständigen Operierens eingeführt, sehr viel schneller und früher, als das in Deutschland üblich war (und noch ist). Allein schon im ersten Jahr hatte ich mehr Wurmfortsätze, im Volksmund fälschlich Blinddarm genannt, entfernt oder Leistenbrüche operativ behandelt, als allein zur chirurgischen Facharztanerkennung nötig gewesen wären. Da das in Finnland so selbstverständlich war, führte auch niemand einen persönlichen Operationskatalog. Schwerpunkt war bei mir dank Freddy die Abdominal Chirurgie. Auch die Gallenblasenentfernung gehört dazu, aber anders als seinerzeit in Deutschland über einen nur wenige Zentimeter langen Oberbauchmittelschnitt. In Hamburg hatten die Patienten noch einen bogenartigen, der unteren rechtseitigen Rippe folgenden, sehr langen Seitenschnitt. Dank der Mikrochirurgie gibt es heute zum Glück beides nicht mehr. Ebenso wurde ich auch in die Gefäßchirurgie wie Krampfader-Operationen einschließlich der operativen Behandlung der Hämorrhoiden eingeführt. Hatte ich die Station versorgt und war mit dem OP-Programm fertig, war mein Einsatzgebiet die Poliklinik mit ihrem breiten Spektrum. Hier waren auch die erfahrenen Krankenschwestern, die mir oft einen Tipp gaben, wenn ich in meiner Unerfahrenheit nicht weiter wusste, was zu tun war. Ich konnte doch nicht immer bei der kleinsten Sache meine Vorgesetzten konsultieren. In etwa zehn Kilometer Entfernung in Sköldvik wurde ein Öl-Hafen gebaut. Bei so einem Großbauprojekt passieren stets Arbeitsunfälle, die versorgt sein wollen. Aber es kam auch der am ganzen Oberkörper von Mücken völlig zerstochene, junge, französische Tourist. Als ich ihm erklärte, man zöge sich doch in den moorigen Gebieten Finnlands ein Hemd über den Oberkörper und setze sich einen Hut auf, erwiderte er, all dies hätte er gemacht. Vielleicht war den finnischen Mücken das französische Blut schmackhafter. Nachdem ich ihm ein kräftiges Antihistaminikum gegeben hatte, kam er zur Ruhe im wahrsten Sinne, denn dieses Medikament macht müde. Meist wurden gleich mehrere Patienten von der Schwester in den gefliesten Behandlungsraum gebeten, wo sie auf den seitlichen Stühlen brav warteten, bis sie dran kamen. Aber so bekamen sie aber auch oft mit, weshalb der andere Patient die Klinik aufgesucht hatte. Vom Datenschutz war man da meilenweit entfernt. So erzählte sich man von dem chirurgischen Vorgänger, der stets mit einem großen nach Künstlerart um den Hals geworfenen roten Schal auftrat, eine Anekdote, wie er in dem großen Behandlungsraum eine ältere Bäuerin gefragt haben soll, weshalb sie denn gekommen sei. Der After schmerzt, hätte sie leicht verschüchtert aber wahrheitsgemäß geantwortet. Rock hoch und Hose runter, hätte er sie energisch aufgefordert, sich selbst dann gebückt und die Schmerzursache von hinten unten angesehen. Auf der gegenüber liegenden Seite hätte ein älterer Mann gesessen. „Sieh Dir das mal an", hätte der Arzt das Bäuerlein hinzu gewunken. Brav gehorchend bückte sich dieser ebenfalls. „Deine Frau bleibt hier, die Hämorrhoiden müssen weg", setzte der Arzt fort. „Gut", erwiderte der durch das energische Auftreten des Arztes leicht verschüchterte Mann, „aber die Alte ist nicht meine Frau".

In Finnland war es schon in den sechziger Jahren geregelt, dass ein Arzt aktiven Bereitschaftsdienst vor Ort maximal an 5,5 Tagen und Rufbereitschaft von daheim maximal an

10 Tagen im Monat leisten muss. Als Junggeselle ohne familiäre Verpflichtung empfand ich diese Anzahl nicht als belastend. Und da der Bereitschaftsdienst auch gut bezahlt wurde oder auch in Urlaubstage eingetauscht werden konnte, übernahm ich immer gern ein paar Dienste mehr. Auch passierte immer etwas, auch konnte und musste man selbstständiger als am Tage Entscheidungen treffen und es gab viel zu lernen. Wusste man nicht weiter, wurden zunächst die gut ausgebildeten Krankenschwestern und Pfleger gefragt oder man rief seinen Oberarzt an, der auch, wenn die Poliklinik voll war, beim Abarbeiten der Patienten half, auch mal schnell eine Wunde nähte, wozu ich anfangs einfach mehr Zeit benötigte. Da die Nacht häufig lang wurde, brachten einige Schwestern oft etwas selbst Zubereitetes für das Nachtmahl gleich für alle Diensthabenden mit. Manchmal waren es die selbstgebackenen karelischen Piroggen, mal ein Stück von dem im Holzofen stundenlang gebackenen, saftigen Schweineschinken, der auf der Zunge nur so zerging, mal hatte der Ehemann seiner Frau frisch geräucherte kleine Maränen mitgegeben. Diese kulinarische Zerstreuung war auch nötig. Oft mussten wir langsam erst selbst psychisch herunterfahren, wenn wir alle gemeinsam einen Patienten reanimiert hatten, mit und ohne Erfolg, wenn die Aufgaben einfach zu stressig waren. Manchmal aber konnten wir auch einfach über unsere Erlebnisse in der Poliklinik lachen. Auch das musste sein.

So wunderte ich mich, als ich einmal nachts in das Untersuchungszimmer trat, wo ein Mann im mittleren Alter mit rauer, jaulender Stimme im Raum hin- und herlief. Dabei stank es im ganzen Zimmer fürchterlich nach billigem Rasierwasser oder Parfum wie im Bordell. Ja, meine Sinne hatten mich nicht getäuscht. Der Mann gab auf Befragung zu , dass er dieses Zeug nicht äußerlich angewendet, sondern als strammer Alkoholiker auf der Suche nach Trinkbarem in seinem eigenen Bad gelandet war und dabei sämtliche alkoholhaltigen Parfüme, Rasierwasser und andere stark duftenden Wässerchen, auch die seiner Frau, in Ermanglung von Bier und anderen wodkaähnlichen Getränken, die eigene Kehle heruntergekippt hätte. Und davon nicht gerade wenig. Kein Wunder, dass seine Speiseröhre wie Feuer brannte. Ich hatte nur eine blasse Ahnung davon, was man bei einer Spiegelung der Speiseröhre hätte sehen können, nachdem ich den feuerroten Rachen inspiziert hatte. Auf die Spiegelung aber verzichtete ich. Stattdessen versuchte ich die Schmerzen zu lindern, die Schleimhäute irgendwie zu neutralisieren, den Kreislauf zu stabilisieren und schickte ihn dann zur gezielten fachärztlichen Behandlung mit dem Ambulanzwagen stante pede in die vierzig Kilometer entfernte Uniklinik in Helsinki. Während meiner Tätigkeit in Finnland bin ich aber zum Glück nie mit einer Vergiftung durch Methylalkohol konfrontiert worden. Denn bei dieser skandinavischen Alkoholpolitik wurde selbstverständlich immer hier und da Schnaps schwarz gebrannt. Nicht immer soll er sauber gewesen sein. Bei Vergiftungen von Erwachsenen gab es eigentlich nur zwei Möglichkeiten: Methylalkohol oder Pilze. Besonders bei Pilzvergiftungen half mit via Telefon die Vergiftungszentrale Finnlands.

Ein einziges Mal nur hat mich ein einziger Patient allein rund um die Uhr beschäftigt. Um nichts anderes habe ich mich damals gekümmert. Das kam so: Es war wieder einmal ein wirklich eiskalter Wintertag, dass es auf meinem kurzen Weg von meiner Wohnung zum Krankenhaus unter den Schuhen nur so richtig knirschte und die winzigen Eiskristalle an den Zweigen glitzerten. Es muss so zwischen zwanzig und dreißig Grad minus gewesen sein, was meine Ehefrau in ihrer Kindheit öfter erlebt hatte, ich aber höchst selten. An solchen Tagen ist die Luft so klar und so sauerstoffreich, dass man eigentlich auf das Atmen verzichten könnte. Ich muss aber als Pendant auch schreiben, dass es in Finnland auch ebenso schöne Sommertage gibt. Also an einem solchen Vormittag erledigte ich wie immer routinemäßig meine Arbeit in der Poliklinik, als die Schwester mich bat zu kommen. Vor dem Eingang stünde ein Leichenwagen, ich möchte herauskommen, um den Tod eines Mannes, den man gefunden hätte, der nun im Wagen läge, offiziell zu bestätigen, damit er anschließend in die Gerichtsmedizin gebracht werden könne. Das war so im Ablauf zunächst nicht ungewöhnlich und durchaus korrekt. Ohne Eile zog ich mir wegen der Kälte einen Mantel über, nahm mein Stethoskop und ging zu der schon hinten geöffneten Tür des Leichenwagens. Während der „Leichnam" etwas herausgezogen wurde, erklärte man mir kurz, man habe vor etwa gut einer Stunde nur durch einen Zufall den Mann leblos neben einem Holzschuppen liegend gefunden. Sie seien gerufen worden, um den „Toten" abzuholen und benötigten nur noch lediglich eine ärztliche Todesbescheinigung. Deshalb seien sie hier vorbeigekommen. Da niemand den Mann kannte und man auch die Todesursache nicht kenne, würden sie den Verstorbenen in die Gerichtsmedizin bringen. Die Erklärungen hörend griff ich mit der Hand zur Halsschlagader. Ich stutze. Mein Stethoskop ging zur Herzregion: eine eindeutige Herzaktion zu identifizieren. Irritiert nochmals mit der einen Hand die Stirn gefühlt, die eiskalt war, während die andere Hand nochmals den Puls der Halsschlagader tastete. Ganz schwach fühlte ich dort ein pulsierendes Zucken. „Der Mann lebt noch", schrie ich auf, „schnell rein ins Haus in den Akutraum". Alle halfen. Herzmassage und Beatmen im Wechsel. Dann, während mir schon der Schweiß ausbrach, eine kleine, schwer zu interpretierende Reaktion im EKG. Weitermachen. Irgendjemand schaffte es, nach mehreren vergeblichen Versuchen einen venösen Zugang zu legen. Kleines Aufatmen. „Infusionshahn auf", rief ich. Ablösung bei der Herzmassage und ich bekam die Hände frei, den Mann zu intubieren. Zu intubieren oder einen Schock zu bekämpfen hatte ich in Helsinki ausreichend Erfahrung sammeln können. Es dauerte noch mindestens zwei Stunden, bis wir den Akutraum für den nächsten eventuellen Fall räumen und den Mann in eines von unseren zwei Intensivzimmern, die wir auch in der Poliklinik hatten, umbetten konnten. Ein entfernterer Transport als maximal zwanzig Meter war schlicht unmöglich. Immer wieder brach sein Kreislauf zusammen. Auch die Nieren wollten nicht arbeiten. Es dauerte mindestens vierundzwanzig Stunden, bis wir den Patienten wenigsten soweit kreislaufmäßig hatten, dass wir ihn zur Uniklinik transportieren konnten. Als ich ihn dort telefonisch annoncierte, konnte ich nur den Patienten beschreiben und wie wir ihn bekommen hatten. Wer aber unser „Sorgenmensch" wirklich war, wusste niemand von uns, auch die nicht, die ihn zu uns gebracht hatten. Man hatte eben nur einen Mann bei über zwanzig Grad minus „leblos" neben einer Scheune gefunden. Mehr wusste niemand. Auch als sich sein Kreislauf stabilisiert hatte, konnte der Patient über sich keine vernünftigen Angaben machen. Mir sollte es egal sein. Sollte sich doch die Polizei um die Personalien kümmern. Ich hatte eine Leiche quasi wieder zum Leben erweckt. Das reichte mir, das habe ich nie vergessen.

Auch wenn ich als Assistenzarzt der Chirurgie eingestellt war, so hatte ich mich auch während der nächtlichen Dienste um die gynäkologischen und geburtshilflichen Fälle zu kümmern. Das kam aber relativ selten vor, da die Schwestern im Ernstfall meist gleich den zuständigen Gynäkologen, in diesem Falle Clas oder Liisa, riefen. Aber auch mein chirurgischer Oberarzt Freddy hatte durchaus Erfahrungen und so manchen Kaiserschnitt durchgeführt. Ich durfte dann nur noch assistieren, anders als in Deutschland, wenn ich es wollte. Die normalen Geburten wurden in Finnland auch an der Uniklinik allein von den Hebammen begleitet. Nur wenn etwas nicht regelrecht lief, holten die Hebammen einen Arzt. So wurde ich einmal gerufen, weil Zwillinge zur Welt kommen wollten. Während ich nun in meiner Unerfahrenheit wartend da stand, hörte ich in dem Raum plötzlich jemanden singen. Verwundert sah ich mich um, es war die Kreißende, die zwischen den Presswehen zur Entspannung sich selbst ein Liedchen summte. Das war Schmerzverarbeitung auf finnische Art, denn Finnen zeigen nur selten ihre Schmerzen.

Im Laufe der Zeit ließ man mich dann auch ziemlich selbstständig arbeiten und auch operieren. In Finnland ist eine ärztliche Assistenz eigentlich nur zu Ausbildungszwecken üblich. Wenn dann der Oberarzt meinte, sein Schüler beherrsche die Operation, stand man am OP-Tisch allein nur mit der instrumentierenden Schwester. Auch seitens der

Anästhesie sah es in Kreiskrankenhäusern noch anders als heute aus. In der Regel leitete der Anästhesist die Narkose ein und übergab dann den Patienten einer fachgeschulten Schwester, die den Patienten überwachte. Die Ausleitung aus der Narkose wurde dann wieder vom Facharzt durchgeführt. Eines Abends spät sollte es noch spannender werden, als ein alter Mann mit schmerzverzerrtem Gesicht und einem riesigen Trommelbauch eingeliefert wurde. Nur eine Infusion legen und ein Schmerzmittel geben reichte da nicht aus. Auch ein Weitertransport in eine größere Klinik wäre zu gefährlich gewesen. Doch unser einziger Anästhesist Kurt war zu dem Zeitpunkt gerade irgendwo mit seinem Segelboot in den Schären. Schließlich musste auch er einmal frei haben. Und mein chirurgischer Hintergrunddienst ebenfalls nicht erreichbar. Doch ich musste etwas tun, ich musste handeln, wenn ich den Mann retten wollte. Nach einer Beratung mit der leitenden OP-schwester, die sehr, sehr viel Erfahrung hatte, beschlossen wir, den Mann zu operieren. Eine Äther-Tropfnarkose war mir zu unsicher. Also gut, ich hatte ja in Helsinki Anästhesie gelernt. Also leitete ich zunächst selbst die Narkose ein, intubierte den Patienten und übergab ihn dann, als bei ihm alles im Gleichgewicht war, der Narkoseschwester in Obhut. Dann wusch ich mich, wurde eingekleidet und stellte mich an den Operationstisch, nichts ahnend, was auf mich zukommen könnte. Im Röntgen-Übersichtsbild hatte ich nur jede Menge Luft im Bauch gesehen. Doch kaum war der Bauch eröffnet, erkannte ich die Bescherung. Der Patient hatte einen Volvulus. Das heißt, der Darm hatte sich im Bauchraum völlig verdreht, war dadurch teilweise selbst eingeklemmt und konnte so einfach nicht funktionieren. Schritt für Schritt fing ich an, das

Gedärm zu ordnen, dabei die Luft im Darm vorsichtig nach oben und unten abstreifend. Zwischendurch schaute ich immer wieder über das Schutztuch zum Patienten und erkundigte mich bei der Anästhesieschwester nach dessen Befindlichkeit. Während diese von oben eine dicke Magensonde legte, schob eine zweite Schwester „von achtern" ein dickes Darmrohr. Die entweichende Luft konnte man nun nicht nur riechen, man hörte sie auch. Wie von selbst legte sich der Darm ganz friedlich in viele Falten, so als ob nie etwas gewesen wäre. Zum Glück konnte ich bei der Inspektion keine dunklen, schwärzlichen Stellen erkennen, was eine Entfernung eines Darmstückes erforderlich gemacht hätte. Der Darm war also die ganze Zeit gut durchblutet gewesen. Dieser gefährliche Eingriff blieb dem alten Mann und mir zum Glück erspart. Nachdem ich den Bauch wieder verschlossen hatte, ging ich nach vorne und extubierte mit Unterstützung der Schwester den Mann, der nach einigem kräftigen Husten und Röhren wieder begann, selbst zu atmen. Als ich den Patienten, der so etwa um die achtzig Jahre alt war, ein paar Tage mit seiner Infusion wieder frei über die Station laufen sah, war ich überglücklich.

Alte Männer mit Trommelbauch und starken Schmerzen kamen aber auch sonst häufiger in die Poliklinik. Dabei handelte es sich oft um Prostatiker, die keinen Urin mehr lassen konnten und deren Blase bis zum Nabel gefüllt war, was man durch einfaches Klopfen mit zwei Fingern auf den Bauch feststellen konnte. Ultraschall gab es noch nicht allgemein, nur an Zentral-und Unikliniken. Oft war in solchen Fällen die Blase so wie bei einem Fußball stramm und prall gefüllt. In solchen Fällen zog ich dann eine kleine

Show ab, wenn besorgte und ängstliche Angehörige des Patienten anwesend waren. Ein Gerichtsmediziner hatte mir das einmal beigebracht. Ich desinfizierte an einer Stelle unterhalb des Nabels den Bauch, nahm eine relativ dicke, mehrere Zentimeter lange Nadel und stach demonstrativ mit einem kräftigen Schwung in den Bauch. Und siehe da, wie aus einem artesischen Brunnen sprudelte unter dem immensen Druck der Urin (auf Finnisch *pissa)* aus der Nadel nach oben und ergoss sich über den Bauch, den ich vorher aber seitlich mit saugfähigem Zellstoff abgedeckt hatte. Der Patient aber lächelte nur dankbar, denn mit dem Nachlassen des Druckes war auch automatisch der Schmerz weg.

In Finnland muss man zur Erlangung einer Facharztanerkennung auch in den angrenzenden Fächern seines Gebietes gearbeitet haben. So war es im Falle der Gynäkologie auch die Chirurgie und Anästhesie. Es hätte aber auch beispielsweise die Urologie sein können. Noch aber wusste ich noch nicht sicher, welches Spezialgebiet ich später ausüben wollte. Auch war ich mir nicht sicher, was die Hamburger Gesundheitsbehörde zu meiner Approbation verlangen würde. Also nahm ich das Angebot gern an, auf die Innere Abteilung zu wechseln. Obwohl ich in der Chirurgie in Hamburg und jetzt in Porvoo besonders viel gelernt hatte, fand ich auf der einen Seite diese zu einseitig, auf der anderen Seite auch zu weitläufig, dass man irgendwann einmal sagen könnte, man habe alles gesehen. Das sah beispielsweise in der Gynäkologie völlig anders aus. Doch bevor ich dieses Fach wählte, war ich in Porvoo Assistenzarzt auf der Inneren Abteilung, die von einem sehr freundlichen, älteren, jüdischen Arzt geleitet wurde. Obwohl seit dem Ende des Weltkrieges noch keine zwei Jahrzehnte vergangen waren, hatte er, was ich vorher befürchtet hatte, gegen mich als Deutschen keinerlei Ressentiments. Wir verstanden uns bestens. Normalerweise machten er zwei Mal in der Woche Visite, die gern auch mal bei nur etwa fünfundzwanzig Patienten auf je zwei Stationen über vier Stunden dauern konnte. An solchen Tagen stand alles still. Während mein Chef der Inneren mit seinen jüngeren Kollegen und Kolleginnen jede kleinste Einzelheit einer Krankengeschichte, jedes jemals geschriebene EKG besprach, jede Differentialdiagnose diskutierte, stand die normale Stationsarbeit quasi still. Allerdings schickte die begleitende Stationsschwester ständig kleine Zettelchen mit Anordnungen nach draußen, damit wenigstens ein Teil der Anweisungen schon abgearbeitet werden konnte. Zugegeben, lernen konnte man bei diesen ellenlangen Visiten wirklich sehr viel. Nur wurden unsere jüngeren Beine immer kürzer, während der sechzigjährige Chef dies bestens durchhielt. So hatten wir mit den Schwestern der Poliklinik auf der anderen Seite des Gebäudes verabredet, dass sie uns jüngere Stationsärzte zwischendurch einfach einmal ganz dringend mit irgendeinem Argument in die Aufnahme zitierten, wo dann schon eine Tasse heißer Kaffee auf uns wartete. Ob der freundliche, alte Herr mit seiner Ausdauer unseren Abruf jemals durchschaut hat, vermag ich nicht zu sagen.

Examen auf finnische Art

Für meine ärztliche Tätigkeit in Helsinki und anfangs auch in Porvoo hatte ich von der finnischen Ärztekammer nur eine vorläufige Erlaubnis erhalten, als Arzt zu arbeiten. Die Bestimmungen sagen, dass jeder Arzt, der sein medizinisches Examen nicht in Finnland abgelegt hat, noch drei Prüfungen ablegen muss, um die lebenslange Approbation zu erhalten, die dann auch in allen skandinavischen Ländern anerkannt wird. So mussten auch alle finnischen Studenten, die im Ausland, sei es in Moskau, Wien oder in den an der Ostsee gelegenen Universitätsstädten Rostock und Greifswald, beide damals noch zur DDR gehörig, ihr medizinisches Examen abgelegt hatten, in den Fächern Rechtsmedizin, Pharmakologie und Rezeptierkunde und schließlich auch in Sozialkunde, wozu auch Kenntnisse im medizinischen Versicherungswesen gehörten, eine Prüfung ablegen. Besonders in der Sozialkunde, die in Deutschland kein Lehrfach für Medizinstudenten war, waren wegen der großen Unterschiede in den verschiedenen Ländern die Kenntnisse besonders wichtig und auch notwendig.

Eines Tages humpelte ein großer, etwa fünfzigjähriger Mann in die Poliklinik von Porvoo und fragte schon beim Hereinkommen sehr selbstbewusst, ob er ein Bild von seinem Fuß bekommen könne. Ich konterte genauso und fragte ihn nun umgekehrt, warum er denn deshalb bis zu uns gehumpelt sei, die Klinik läge doch am Stadtrand und im Stadtzentrum gäbe es auch einen Fotografen. Nach dieser scherzhaften Flachserei nahm eine Verwaltungsangestellte die Personalien auf und leitete unseren neuen

Patienten ins Untersuchungszimmer. Ich ging in den Raum, um unseren Neuankömmling zu untersuchen. Doch dann staunte ich nicht schlecht. Mein Patient war ein Professor für Sozialkunde aus Helsinki, der am Wochenende zu seinem Sommerhaus auf einer der Inseln der Schärenküste Porvoos gekommen war. Nachdem das gewünschte „so benannte" Foto in der Röntgenabteilung gemacht worden war, versorgte ich den Fußknöchel des Professors. Zum Glück kein Bruch, sondern nur eine kräftige Bänderzerrung. Während dessen unterhielten wir uns freundlich. Er hatte natürlich gemerkt, dass ich Ausländer war und fragte mich vorsichtig, ob ich denn schon die oben beschriebenen Prüfungen abgelegt hätte, was ich verneinte. Schließlich bot er mir an, bei ihm in seinem Sommerdomizil auf einer Insel der Schärenküste die fehlende Prüfung abzulegen. Zwar sehr überrascht, sagte ich dennoch zu. Meine liebe Kollegin Marjukka, Enkelin des 1966 verstorbenen ehemaligen Ministerpräsidenten Väiniö Tanner, die in Deutschland studiert hatte und der diese Prüfung ebenfalls noch fehlte, hörte unser Gespräch und fragte, ob sie auch zu der Prüfung kommen könne. „Dann kommen sie eben beide in sechs Wochen", meinte der Professor, „aber lesen sie nicht das Buch meines Kollegen, der schreibt nur dummes Zeug". Gern willigten wir beide ein und vereinbarten einen Termin mit ihm. Mit dem „Wink mit dem Zaunpfahl" zur Literatur lasen wir selbstverständlich hauptsächlich die wissenschaftlichen Ergüsse unseres Profs.

Es war ein Traumsommertag, an dem Marjukka und ich mit ihrem Auto zum Treffpunkt in den Schären fuhren. Wir stellten das Auto ab und warteten eine Weile, als wir plötzlich das Geräusch eines Bootsmotors hinter einem Schilfufer hörten. Es war der Professor, der uns zu seiner etwa zweihundert mal achtzig Meter, also gut eineinhalb Hektar großen, meist felsigen Insel persönlich mit dem Boot abholte. Am Steg angekommen stellte er uns seiner Frau vor, die schon auf uns gewartet hatte. Dann gingen wir gemeinsam den Pfad zum höher gelegenen Holzhaus. Dort hatte die Hausherrin schon den Kaffeetisch auf der Terrasse gedeckt. Auf dem Tisch standen hübsche kleine Kuchenteller, auf denen eine winzige Serviette auf einer Kuchengabel aufgespießt lag, und daneben, typisch für Finnen, auf der halblinken Seite die Kaffeetasse samt Untertasse mit einem sehr kleinen, filigranen Löffel. In der Mitte des Tisches eine frisch gebackene, herrliche Sommertorte, dekoriert mit wilden, sehr aromatischen Himbeeren, die man in Finnland im Sommer fast überall findet. Das hatten wir nicht erwartet. Doch nach einem netten Plausch beendete der Professor die Kaffeetafel und bat uns ins Haus in einen Nebenraum zur Prüfung. Die dauerte relativ lange für dieses kleine Nebenfach. Kaum eine Frage wurde ausgelassen, was ich in der Form nicht erwartet hatte und schon langsam in Schwitzen geriet. Doch dann rettete uns die Hausherrin, die nach kurzem Anklopfen den Raum betreten hatte. Nun sei es mit der Fragerei genug an so einem schönen Sommertag, er solle uns nicht weiter „quälen", meinte sie an ihren Mann gerichtet, der damit auch die Prüfung beendete. Doch bevor wir uns aufrichteten sagte er zu mir, er habe noch eine Frage. Er sei ja hier im Sommerhaus umgeknickt, sei das nun ein Arbeitsunfall versicherungstechnisch, wollte er wissen. Schließlich sei er hier nicht nur mit dem Angeln von Hechten beschäftigt, die es im Uferschilf reichlich gäbe, sondern er würde hier auch die Vorlesungen vorbereiten und Arbeiten korrigieren. Unter diesen Umständen könne man es auch als Arbeitsunfall bezeichnen, erwiderte ich. Ob ich dann seiner Versicherung einen Bericht schicken könne, wollte er wissen, und was denn mein Bericht oder Gutachten kosten würde, ergänzte er. Über die Höhe der Rechnung könne ich nichts sagen, die würde von der Verwaltung geschrieben, antwortete ich. „Nun gut, meine Prüfung hier kostet zwanzig Finnmark", erwiderte er. „Machen wir es so, ich knöpfe ihnen keine Prüfungsgebühr ab und ich bekomme das Gutachten für die Versicherung umsonst. Dann sind wir quitt. Einverstanden?" Ich konnte nur zustimmend nicken. „So nun ab in die Sauna, meine Frau hat alles schon vorbereitet". Marjukka guckte etwas konsterniert. Aber er schüttelte den Kopf, „zuerst sind wir Männer dran und dann Sie mit meiner Frau". Seine Frau gab jedem von uns beiden noch ein Handtuch und dann zogen wir ab über die flachen Felsen zur Sauna, die direkt am Meer lag. In der Sauna selbst klönten wir beide nackigen Männer über dies und das, während der Professor als Hausherr einen Aufguss nach dem anderen auf die Saunasteine goss. Auf das gegenseitige Rückenwaschen, was in Finnland als Zeichen der Freundschaft und der gegenseitigen Anerkennung betrachtet wird, wurde aber verzichtet. Und außer einem kalten Saunabier, was auch dazugehört, gab es auch nichts mehr. Nach den Aufgüssen war der Sprung ins Meer „eine wahre Wonne". Nachdem wir unseren Saunagang beendet hatten, legte der Hausherr noch ein paar Holzscheite in den Saunaofen nach und signalisierte seiner Frau, dass sie nun zusammen mit Marjukka in die Sauna kommen könne. Nach einem so schönen Nachmittag und frühen Abend fuhren Marjukka und ich, mit einer Bescheinigung über die bestandene Prüfung in der Tasche, wieder glücklich und zufrieden zurück nach Porvoo. Eine derartige Prüfung hatte auch Marjukka im Vergleich zu den Examina in Deutschland noch nie erlebt.

Ein paar Wochen später legte jeder von uns beiden, diesmal getrennt, die Prüfungen in der Rechtsmedizin und der Pharmakologie und Rezeptierkunde in Helsinki ab. Diese mündlichen Prüfungen waren in ihrem Ablauf gleich wie ich sie aus Deutschland kannte. Nur waren es Einzel- und keine Gruppenprüfungen. Beide Fächer hatten auch durchaus ihren Sinn. Während in Deutschland es sehr viele Kombinationspräparate gibt, die dann noch irgendeinen Phantasienamen tragen, handelt es sich in Finnland mehr um speziell einzelne Wirkstoffe, die nur selten kombiniert werden und die fast immer eine generische Bezeichnung tragen. Außerdem schreibt man noch das Rezept in einem Stil, wie er vor vielleicht vor einem Jahrhundert üblich war, die Mengenangabe mit römischen Ziffern und die Art der Substanz und die Verpackung in abgekürzter lateinischer Form. In Finnland lautet beispielsweise eine Rezeptur: „Acid.salicylicum 0, 5 Tbl. Nr. XX DS 3x1/die". In Deutschland lautet das gleiche Rezept mit der gleichen Substanz und der gleichen Menge: „Aspirin tbl. N1, 3-Mal tägl." Einen Vorteil hat die finnische Art, die generischen Namen zu benutzen bestimmt: jedem Arzt wird dadurch wirklich bewusst, was er überhaupt verschreibt und welche Wirkung es tatsächlich hat und welche anderen Kombinationen mit anderen Wirkstoffen nicht zu empfehlen sind.

Für die Prüfung zur Rechtsmedizin musste ich ein dickes Buch durchlesen und auch beherrschen. Denn auf die inhaltliche Kenntnis dieses Faches wird sehr viel mehr wert gelegt als in Deutschland. Den Unterschied merkte ich besonders, als ich später wieder in Deutschland praktizierte. In Finnland war die Leichenschau gründlicher und die Gutachten oft weitaus ausführlicher. Bei der Leichenschau wurde in Finnland der Leichnam jedes Mal gründlich und von allen Seiten untersucht. Das ist zwar auch in Deutschland vorgeschrieben, machen aber in Wirklichkeit nicht alle Ärzte, wie man nachlesen kann. Und die wahre Todesursache wird in Finnland sehr viel häufiger durch einen Pathologen festgestellt. Der Arzt bestätigt lediglich den Tod des Menschen. Bei Vergewaltigungen oder solchen, die nur den Anschein hatten (siehe den Fall Kachelmann), was nicht selten ist, war zur Verwunderung der hier verfolgenden deutschen Behörde mein Gutachten mit seinen Beschreibungen bis in alle Einzelheiten oft seitenlang. Für mich, in Finnland so erzogen, selbstverständlich, denn davon konnte eine Verurteilung abhängen. In Lappeenranta passierte es mir einmal, dass mir ein etwa siebzehnjähriges Mädchen in Begleitung der Polizei und des sehr aufgeregten Vaters, der sich kaum beruhigen konnte, vorgestellt wurde. Seine Tochter sei angeblich von einem jungen Mann vergewaltigt worden. Der Vater flippte fast aus, so kribbelig war er, während die „flicka" alles ganz ruhig hinnahm. Schon dieses Verhalten fiel mir auf. Ich untersuchte sie gründlich und musste feststellen, dass wenn überhaupt, es dann „ante portas" passiert sein müsste. Von Gewalt gab es keinerlei Zeichen. Im ruhigen Zweiergespräch stellte sich dann heraus, dass sie mit ihrem

Freund im guten Einvernehmen wohl jugendliche Liebesspiele geübt hatten, ohne dass es zu einer Penetration gekommen war. Sie gestand mir, dass der Vater sie beide dabei erwischt hätte und sofort von einer Vergewaltigung gesprochen hätte und nicht bereit gewesen wäre die beiden Jugendlichen auch nur anzuhören. Stattdessen habe er sofort die Polizei alarmiert. Nach dieser Richtigstellung und Klärung hatte ich mit dem Vater ein sehr ernsthaftes Gespräch.

Unter dem Strich habe ich von all diesen drei Examen sehr profitiert, zumal alle Themen in Deutschland während meines Studiums nur nebensächlich behandelt worden waren. Die Prüfung in Sozialmedizin war aber mit Abstand in ihrer Art und ihrer Form die beste und wohl einzigartigste.

Mein erster Urlaub

Bisher hatte ich zwar Urlaub hin und wieder gemacht. Der war aber völlig anders als dies den allgemeinen Vorstellungen entspricht. Ich hatte im Sommer meine Mutter, als sie noch lebte, in St. Peter besucht und am Strand als Rettungsschwimmer gedient. Dann hatte ich auch ein paar Mal meine Schwester in London besucht. Das war dann aber auch alles. Außer in England war ich nie im Ausland gewesen. Große Reisen waren in den fünfziger und sechziger Jahren für jüngere Menschen auch nicht üblich. Die Deutschen fingen gerade an, im Sommer die Strände Italiens zu überfluten, wie Gerhard Polt in seinem Film „Man spricht deutsh" so wunderbar dargestellt hat. Ich hatte aber auch einfach kein Geld, in die Ferien zu gehen. Und wenn ich mal zu meinem Studium nichts dazuverdienen musste, so musste ich stattdessen fleißig lesen. Noch nie hatte ich vorher eine feste Anstellung nicht nur mit einem Weihnachtsgeld, sondern auch mit einem bezahlten Urlaub für volle vier Wochen gehabt. Einfach wunderbar. Zum ersten Mal in meinem Leben buchte ich bei fortlaufendem Gehalt im Alter von zweiunddreißig Jahren eine vierzehntägige Flugreise von Helsinki an den Strand von Rimini an der Adria. Während es im September in Finnland auch schon einmal durchaus kalte Nächte geben kann und mit dem Beginn der Schule nach der Sommerpause ab 30. August bis zum heutigen Tag „die Bürgersteige hochgeklappt werden", also alles schon geschlossen und leer ist, herrschte dort in Oberitalien noch so richtiger Trubel nicht nur am Strand direkt vor meinem Hotel, sondern auch in der benachbarten, gut besuchten Pizzeria. Bei Deutschen am Wasser und im Restaurant gab ich mich nicht als Landsmann zu erkennen. Denn egal welche Nationalität in einer Gruppe auftritt, wirkt sie oft sehr laut und unangenehm. Alkoholisierte Deutsche sind da besonders auffällig. Stattdessen verbrachte ich die Tage mit zwei Schwedinnen und machte abends mit ihnen Unternehmungen.

Eines Abends saß ich in einem schönen Sommerrestaurant auf einer nahegelegenen alten Burg. Irgendwann verspürte ich ein menschliches Bedürfnis und suchte die etwas außerhalb gelegenen Toiletten auf. Die italienische Klofrau wies mir eifrig gestikulierend den Weg. Als ich die Toilettentür aufmachte, schreckte ich zurück. Auf dem Boden ein großes Porzellanbecken mit einem großen Loch. An der Wand zwei Bügel zum Festhalten. Dabei alles ziemlich schmuddelig, höflich beschrieben. Wie ich dort meine Notdurft erledigen sollte, war mir schleierhaft. Ich kehrte sofort um und versuchte der Frau mit der großen Papierrolle in der Hand wiederum gestikulierend zu vermitteln, dass dieser Ort nicht der meiner Träume sei. Sie hatte es wohl erahnt oder kannte das Problem schon vorher von anderen ausländischen Touristen. Ich solle neben ihr auf dem Hocker in dem kleinen Vorraum Platz nehmen und warten, erklärte sie mir wieder mit ihrer Gestik. Also wartete ich dort brav und sah, während die Lira- Geldstücke in den bereitstehenden Teller vor meiner Nase klimperten, den sehr angetünchten, dunkelhaarigen, hochhackigen, italienischen Schönen nach, wenn sie beim Verlassen der Toiletten noch einmal mit beiden Händen den schon kurzen Rock und das Höschen hinten zurechtrückten. Schließlich nahm der Strom Richtung Damen-WC ab und der Raum wurde leer. Nun aber schnell, zeigte mir die Klofrau, sie passe schon auf, dass niemand käme. Auf der Damenseite gab es tatsächlich auch Toiletten, wie ich sie aus Mittel- und Nordeuropa kannte. Wirklich erleichtert gab ich ihr bei meinem Weggang mindestens ein paar tausend Lira. Klingt viel, waren aber wegen der Umrechnung nur etwa ein bis zwei D-Mark wert.

Schon damals, also vor fast fünfzig Jahren, gab es am Strand und in den Hotelbars „fliegende Händler" aus Afrika, die mit dem Handel nutzloser Sachen sich durch das Leben schlugen. Meine Tochter berichtete mir gut zwei Jahrzehnte später bei einem Besuch in Italien, dass in Italien diese Fremden anders als in Deutschland überhaupt keine Sozialhilfe bekämen. Am letzten Tag meiner Abreise kaufte ich von einem Marokkaner in der Bar meines Hotels einen kleinen Teppich. Mein europäischer Nachbar an der Theke erklärte mir, ich solle stundenlang und mit viel Theater um den Preis feilschen. Das gehöre einfach dazu. Ich hatte Erfolg, griente und rollte den kleinen Vorleger ein. Die Rückreise konnte beginnen. Noch Jahrzehnte später räkelte sich mein Hund genüsslich auf dem kleinen Teppich. Es war im wahren Sinne stets ein Erinnerungsstück an meinen ersten Italienurlaub.

In Helsinki angekommen, wechselte ich nur schnell die Kleidung und flog direkt nach Hamburg, um meine Verwandten in Oldesloe und meine Freunde in Hamburg zu besuchen. Braungebrannt vom Italienurlaub und flott gekleidet konnte ich sie alle nur positiv beeindrucken. Auch meine Kollegen in der Frauenklinik in Hamburg- Eppendorf besuchte ich. Sie durften immer noch bei einem bescheidenen Salär den Haken als dritter Mann bei Operationen halten oder den Blutdruck bei den Patienten messen. Eine Tätigkeit, die ich in Finnland schon als kleiner Assistenzarzt nur machen ließ. Professor Thomsen bot mir noch eine Assistentenstelle an der Uni-Frauenklinik an. Doch ich lehnte dankend ab. Ich hatte mich für Finnland entschieden. Da durfte ich schon selbstständig arbeiten.

Matrimonium

Nuptiae autem sive matrimonium est viri et mulieris coniunctio, individuam consuetudinem vitae continens heißt es im Römischen Eherecht (Corpus Iuris Civilis, Institutionen 1,9,1). Na, reichen noch die Lateinkenntnisse aus der Schulzeit? Trotz meiner sechs Jahre und meiner Lateinvorliebe bei mir nicht ganz. Nach über sechzig Jahren lässt sogar eine Muttersprache oft nach, wenn man sie nicht regelmäßig spricht. Also will ich die Übersetzung gleich mitliefern: Heirat oder Ehe ist die Verbindung von Mann und Frau zu einer ungeteilten Lebensgemeinschaft. Ein Patrimonium gibt es ebenfalls. Dabei dreht es sich dabei allein um das liebe Geld und die Vermögensverhältnisse in der Ehe. Money, money, money. Ja, wir armen Männer.

Doch warum jetzt dieses Thema? Die Antwort lautet, ich war reif. Ich hatte mein Studium erfolgreich abgeschlossen und einen anerkannten Beruf mit einer festen Anstellung. Ich besaß eine verhältnismäßig große Mietwohnung mit immerhin drei Zimmern und Küche und hatte ein gutes Auskommen. Schon früher hatten einige Frauen es versucht, mich zu angeln, aber ohne Erfolg. Jetzt aber war ich es, der meinte, es sei an der Zeit, eine feste Bindung einzugehen. Auch mein Urlaub in Italien ohne Partnerin, lediglich durch Urlaubsbekanntschaften aufgebessert, hatte zu dem Entschluss beigetragen, mich einmal ernsthaft umzuschauen. Auch noch in Porvoo gab es ein paar Holde, die mich sofort gern genommen hätten. Da war die junge Lehrerin aus der Berlitz-School, die mir Avancen machte. Auch eine junge Ärztin, deren einer Elternteil deutscher Abstammung war, hätte mich liebend gern genommen, was wohl auch im Sinne ihrer Familie gewesen wäre. Da war die finnische Hebamme aus dem Schweizer Basel, die unbedingt einen „Schwyzer" oder Deutschen heiraten wollte. Doch keine hätte jemals eine echte Chance gehabt. Ich wollte selbst entscheiden und mich auch nicht binden, nur weil die Umstände zufälligerweise passten. Aber ich fing zum ersten Mal an, mich umzuschauen, anders als sonst. Meine finnischen Kollegen waren in meinem Alter schon längst fest liiert und wunderten sich über mein Junggesellendasein, was unbestritten auch seine Vorteile hatte.

Jetzt ist an der Zeit, eine kurze Geschichte, die sich inhaltlich zum Teil auch überschneidet, mit der ich einen kleinen Literaturpreis gewann, zum Besten zu geben. Ein Teil ist schon bekannt: Der Titel heißt: „ Die Begegnung": *„Du heißt jetzt „Hermanni, Diethard kann man nicht aussprechen", erklärte kurzerhand die Oberärztin Seija, die mir in Helsinki als jungen Arzt die praktischen Seiten der Medizin beibrachte. Das klang deutsch und war doch finnisch. Und gerade aus Hamburg gekommen, ergänzte sie auch gleich den Familiennamen in „Hampurilainen" (der Hamburger). So war aus mir ruckzuck Hermanni Hampurilainen geworden. So hieß ich bald in der ganzen Klinik und wurde auch offiziell so angeredet. Der neue Name fand sogar Eingang in die Operationsbücher. Inzwischen in dem schwedisch betonten Porvoo arbeitend blieb es so bei der Benennung. Eines Abends stieg benannter Hermanni in den Bus nach Helsinki, um im Studentenhaus Ostrobotnia einen netten Abend zu verbringen. Im oberen Saal wurde getanzt. Hits der Zeit, aber auch finnische Volkstänze erklangen. Eine* *hübsche Blonde mit einem netten Lächeln hatte es mir angetan. Also zum Tanz aufgefordert. „Woher kommst Du", wollte sie wissen. „Aus Porvoo", erwiderte ich. Deshalb spricht der so ein schlechtes Finnisch, sei ein wenig auf der Hut, dachte sie für sich. „Und, wie heißt Du", entgegnete ich. „Tiina" kam die Antwort. Ich schmunzelte, denn so nennt man bei uns auch manchmal Kühe. Sie begleitete mich zur Bushaltestelle nach Porvoo. Erst dort gab sie mir ihre Telefonnummer, die ich aber verlor. Doch Tiina blieb mir im Kopf. Alle Bemühungen jedoch, eine Tiina mit der Beschreibung zu finden, scheiterten. Ein paar Monate später begegnete ich Tiina durch Zufall wieder. Ich entschuldigte mich und sie erklärte mir, dass ihr bei der ersten Begegnung nicht alles geheuer gewesen sei und sie sich deshalb spontan als Tiina bezeichnet hätte. Bei Tiina und Hermanni blieb es. Als laut unserer Hochzeitsanzeige dann später nicht Tiina und Hermanni heiraten, sondern Diethard menee Sirkan kanssa naimisiin (Diethard verheiratet sich mit Sirkka) zu lesen war, wunderten sich viele Freunde und Verwandte. Noch heute kommt Post aus Finnland an Tiina und Hermanni. Folgen einer Begegnung mit falschem Namen.*

Mit dieser Geschichte habe ich also schon vorweggenommen, wie meine Umschau nach einer passenden Ehefrau endete. Auch Sirkka war im Ostrobotnia gelandet, um mit ihren Freundinnen einen netten Abend zu verbringen. Ich hatte aber das Gefühl, dass sie zu dem Zeitpunkt nicht auf „Männerschau" aus war. Zwar war sie schon sechsundzwanzig Jahre alt, einem Alter, in dem die meisten finnischen Frauen schon längst verheiratet sind, auch die Aka-

demikerinnen. Aber sie war auch wohl mit ihrem „Jungge-
sellinnenleben" zufrieden. Dies war wiederum ein Um-
stand, der mir gefiel. Sie war nicht „hinter mir her", wie
man so sagt.

Der Winter kam und es kam die Weihnachtszeit. Während
Sirkka an diesen Feiertagen durch Dienste in einer Privat-
klinik ihr Budget aufbessern wollte, wurde ich gefragt, ob
ich nicht über die Weihnachtszeit als Junggeselle in der
Uni-Frauenklinik Narkosen geben wolle. Ihre kleine Wohnung in *Töölö* lag für uns beide günstig und zentral. Und
so verbrachten wir zum ersten Mal gemeinsam die Feier-
tage, wobei jeder von uns beiden zwischendurch seinen
beruflichen Aufgaben nachging. Verblüfft war nur ihre pu-
ritanisch erzogene ältere Schwester, als sie eine männli-
che Stimme am Telefon hörte. Aber ich musste ja bei Sirkkas Abwesenheit wegen meines Bereitschaftsdienstes ans
Telefon gehen. Mobiltelefon war noch unbekannt.

Irgendwann wollte und sollte ich ja auch einmal die Familie meiner Auserwählten kennenlernen und ihr vorgestellt
werden. Sirkka stammte aus *Suonenjoki*, einem Ort, den
zumindest jeder Finne dem Namen nach kennt, weil dort
das größte Erdbeeranbaugebiet liegt, gut vergleichbar mit
dem Alten Land neben Hamburg. Die nächst größere Stadt
ist *Kuopio*, nördlich in nicht ganz vierzig Kilometer Entfernung. Die gesamte Region wird zu dem Gebiet „*Savo*" gerechnet. Hier spricht man einen sehr breiten finnischen
Dialekt, der dem Bayrischen mit seinen breiten Vokalen,
da aus einen „daheim" ein „dahoam" wird, sehr ähnlich
ist. Zum Glück sprachen weder Sirkka noch ihr Vater diesen Dialekt. Nur bei ihrer Mutter hörte man es andeutungsweise. Doch unsere Fahrt dorthin entwickelte sich

quasi zu einer Sightseeingtour durch das südliche und mittlere Finnland. Bis dahin hatte nämlich Sirkka ihre Eltern von Helsinki aus stets mit dem Schnellzug besucht und sich dabei all die Haltestationen an den größeren Städten gemerkt. So meinte sie, dieser Route auch mit dem Auto folgen zu müssen. Dass aber die Bahnlinie eben nicht auf kürzestem Wege Richtung Norden langführte, sondern jeweils entlang der großen Ortschaften, das wurde mir erst nach unserem Besuch klar. So fuhren wir quasi im Zickzack Richtung *Suonenjoki* und aus den rund dreihundert Kilometern wurden mindestens vierhundert. Gut, in Finnland sind Entfernungen von fünfzig bis hundert nichts. Man fährt auch mal eben fünfzig Kilometer und weit mehr, um eine Tasse Kaffee zu trinken. Das hatte ich schon gelernt. Mich verblüfften nur die geografischen Kenntnisse meiner Zukünftigen.

Die Eltern wohnten in einem der typischen kleineren Holzhäuser mit einem Kamin im Wohnbereich und einem bullernden, mit Holzscheiten zu fütternden Küchenofen. Neben dem Haus gab es ein kleines, scheunenartiges Holzgebäude, in dem neben dem WC und dem Holzlager auch die Sauna mit dem dazugehörigen Vorraum untergebracht war. Die Begrüßung war freundlich, aber auch verständlicherweise musternd. Schließlich schleppte die Tochter zwar einen, wie sie hofften, ordentlichen Mann, ja sogar einen Arzt, aber eben doch auch einen Ausländer mit ins Haus. Nach den üblichen Fragen nach der Fahrt und dem Austausch von Freundlichkeiten setzte man sich an den Kaffeetisch, auf dem die Schmucktassen, die wohl extra für mich aus dem Schrank geholt worden waren und zu

meiner Verwunderung wieder links von den kleinen Ge-
bäcktellern standen. Das habe ich später noch häufiger
beobachten können, dass die Tassen halblinks stehen.
Mehr Linkshänder als in Deutschland wie in England gibt
es aber in Finnland nicht. Bis heute habe ich keine Erklärung dafür. Danach bat mich Sirkkas Vater *Eino*, ein
freundlicher Mann kurz vor dem Pensionsalter, ins Wohnzimmer, während ihre Mutter *Elli* sich um den Karelischen
Braten in der Kasserolle auf dem Küchenofen kümmerte,
um dabei sich bei ihrer Tochter nach mir zu erkundigen.
Eino zog einen Schlüssel aus seiner Hosentasche, öffnete
damit ein Schapp in der Vitrine, die mit ein paar Büchern
gefüllt war, und zauberte eine Flasche Cognac hervor, um
uns beiden dann die Gläser zu füllen, nicht nur ein wenig,
sondern fast voll. „*Terveydeksi*" heißt dieses schwer aus-
zusprechende Wort, was mit „zum Wohle" oder genauerer „auf die Gesundheit" zu übersetzen ist. Nur ein dump-
fes „klink" sagten die Gläser, als wir sie wegen der Füllung
äußerst vorsichtig zusammenstießen. Mit meinem zukünftigen Schwiegervater sollte ich mich Zeit seines Lebens gut verstehen. Während die Frauen noch genug zu
bereden hatten, gingen wir auf den Hof. Es sah dort aus
wie auf einem Bauernhof, der nur noch als Altenteil be-
wirtschaftet wurde. Und mit dieser Beschreibung lag ich
gar nicht so falsch. Neugierig inspizierte ich den Schuppen,
in dessen einer Hälfte jede Menge Holzscheite sauber ge-
stapelt waren, so viel, dass sie meiner Meinung nach ein
Jahrzehnt gereicht hätten. Doch ich täuschte mich. Später
musste ich selbst lernen, dass ein paar Kubikmeter Holz
bei über zwanzig Grad Kälte nicht lange reichen, besonders dann, wenn man nur mit Holz ein ganzes Haus be-
heizt. Daneben die Tür zum „*Käymälä*", sprich Plumpsklo.

Doch dort gab es nicht nur ein einziges Loch in der erhöhten Holzbank, sondern gleich mehrere, auch mit verschiedenen Durchmessern, was ich später woanders noch häufiger sah. Als ich Sirkka daraufhin ansprach, erzählte sie mir, dass in ihrer Schule es über zehn davon nebeneinander gegeben hätte. Die Mädchen hätten dann wie Spatzen auf einer Leine sitzend ihr Geschäft erledigt und schnatternd dabei sich Geschichten erzählt. In dem Raum roch es aber keineswegs, wie man denken könnte. Dafür sorgte nicht nur die gute Belüftung, sondern auch ein Eimer gefüllt mit einem Gemisch aus Sägespäne und Kalk, aus der man stets eine Kelle voll auf seine „Nachlassenschaft" zu schütten hatte. Der beste Raum aber war unter dem gleichen Dach die Sauna. Sie war sehr groß und neben dem eigentlichen Saunaofen mit Steinen brodelte in einem zweiten großen Kessel heißes Wasser für die persönliche Wäsche, aber auch für die Kochwäsche der Familie, was oft eine schweißtreibende Arbeit im wahrsten Sinne des Wortes war. Hier wurde wie bei uns und meinen Großeltern in der Waschküche im Keller, die Wäsche noch in dem großen Kessel und anderen Gefäßen mit der Hand gewaschen.

Für die Nacht bekam ich Sirkkas altes Mädchenbett in ihrem ehemaligen Zimmer, das aber zu ihrem Entsetzen schon als Abstellkammer diente, während sie irgendwo anders untergebracht war. Am nächsten Tag sollte ich ihren Bruder Pentti, dessen Frau und deren damals dreijährigen Sohn kennenlernen. Sie wohnten ebenfalls in Suonenjoki, aber zu der Zeit in einem Mehrfamilienhaus. Die Einrichtung ihrer Wohnung war nicht die, die ich erträumte. Im Stillen wünschte ich mir einen gepflegten skandinavischen Stil mit etwas mehr Geschmack. Beide waren sehr herzlich und offen. Besonderes mit Pentti verband mich sofort eine besondere Sympathie, was ja bei Brüdern bezüglich der Schwestern nicht immer so läuft. Wir wurden im Laufe unseres Lebens sehr gute Freunde. Pentti handelte damals mit Kleidungen aller Art, vom Pullover über das Arbeitshemd bis zu Winterschuhen. Er belieferte damit die Geschäfte auf dem Lande und Marktstände in den Städten. Unterstützt wurde er dabei von seinem Vater, von dem er das Geschäft übernommen hatte.

Nach einem schönen Wochenende mit Spaziergängen und Zeigen des Ortes, des Gymnasiums, wo sie schon als Siebzehnjährige ihr Abitur abgelegt hatte, des alten Hauses direkt am Wasser, wo sie aufgewachsen war und vielem mehr und nach einer schönen Tasse Kaffee verabschiedeten wir uns, um die Reise Richtung Porvoo und Helsinki anzutreten.

Sirkka fühlte sich offensichtlich wohl in meiner Wohnung und war bald länger und häufiger in ihrer Freizeit in Porvoo als in Helsinki, wo sie als Krankenschwester auf der Intensivstation der Universitätsklinik arbeitete und dort sehr häufig sehr verantwortungsvolle Aufgaben übernahm. So gab es durch unsere Berufe vieles, was wir miteinander austauschen konnten. Meine Nachbarn, Kollegen und Freunde hatten sie längst akzeptiert und gemerkt, dass sich unser Verhältnis mehr als nur zu einer kurzen Freundschaft oder Liebelei entwickelte. Wir wurden ein Paar und wurden auch so gesehen. So ging das über einige Monate, bis wir uns schließlich selbst fragten, ob wir unsere Bindung nicht mehr oder minder legalisieren sollten. Der neunte April war für mich immer ein besonderer Tag. Es war nicht nur mein Geburtstag, es war auch das Sterbedatum meiner geliebten Mutter. Und weil dieser Tag im Jahr 1971 zufälligerweise auch auf ein Wochenende fiel, teilten wir beide jeder seinen Verwandten und Freunden mit, dass wir uns an diesem Tag verlobt hätten. Besonders gefeiert wurde der Tag nicht. Nur hatten wir an dem Nachmittag ganz allgemein zu Kaffee und Kuchen eingeladen, um dann unseren Gästen das Ereignis mitzuteilen. Anlässlich dieses Tages gab es aber noch eine Besonderheit. Wir schenkten uns im gegenseitigen Einvernehmen einen Hund. Eigentlich wollte ich einen Rauhaardackel. Diese Rasse war aber nicht nach Sirkkas Geschmack. Wir kauften uns ein Hundebuch und stöberten darin. Unsere Wahl fiel gemeinsam auf einen Airedaleterrier. Ich hatte diese Rasse schon in meiner Jugend kennen und lieben gelernt. Bald fanden wir auch eine Züchterin und wählten den aus, der so mutig auf uns zukam. Nach ein paar Wochen Wartezeit konnten wir ihn abholen und tauften ihn auf den finnischen Namen *Iivo*. In den Folgetagen waren wir gut beschäftigt, den Hund stubenrein zu bekommen.

In den kommenden Wochen war Sirkka noch häufiger und länger in Porvoo, auch weil ich mit der Welpen- Betreuung einfach eine Ablösung brauchte. Ich fuhr sehr selten nach Helsinki, denn mit der Verlobung musste ich ja nicht mehr auf Brautschau gehen. Schließlich meinten wir, wenn wir schon einmal beschlossen hätten, später einmal zu heiraten, warum sollten wir dann noch warten. Aus heutiger Sicht sollte man eine längere Wartezeit aber nur empfehlen, um sich noch besser gegenseitig kennenzulernen.

Aber in unserem Stimmungshoch beschlossen wir, bald zu heiraten und setzten den Termin noch nicht einmal zwei volle Monate nach der Verlobung auf den neunundzwanzigsten Mai 1971 fest. Natürlich dachten alle, die Freunde und die Verwandtschaft, wir müssten heiraten, da sei etwas im Kommen. Doch diesbezüglich hatten alle weit gefehlt. Dieses Ereignis meldete sich erst über eineinviertel Jahr später Ende Juli 1972 an und bekam den Namen Johan.

Nun galt es, die Hochzeit zu organisieren. Meine Erwartung, diese würde in Suonenjoki bei Sirkkas Eltern, ihrem Zuhause, gefeiert, wurde nicht erfüllt. Sirkka selbst wollte es nicht und auch von elterlicher Seite kam kein Signal. Dass ihre Eltern nicht gerade wohlhabend waren, hatte ich schon mitbekommen. Da hätte ich auch helfen können. Aber wir meinten, dass es ebenfalls aus organisatorischen Gründen, wegen meiner Verwandtschaft aus Deutschland, besser und leichter sei, im Süden in Helsinki oder Porvoo, zu heiraten und zu feiern. Sirkka erklärte, sie habe einige Ersparnisse, die sie investieren könne. Also legte auch ich etwas drauf und wir begannen zu zweit, unsere eigene Hochzeit so zu organisieren, dass wir beide sie auch bezahlen konnten. Es sollte eine wirklich einmalige kirchliche und auch gesellige und wunderbare Feier werden. Sirkka informierte ihre gesamte Verwandtschaft einschließlich Tanten und die Schwestern ihres Vaters samt Familie. Ihre besten Freundinnen, von denen alle längst verheiratet waren, samt Partnern gehörten ebenfalls dazu. Ich wiederum schickte die Einladungen an meine Verwandten in der Hoffnung, sie würden trotz des weiten

Weges die Reise nach Finnland antreten. Selbstverständlich gehörten auch meine Freunde dazu. Alle mussten irgendwie auch untergebracht werden. Nur unsere neuen Freunde aus Porvoo benötigten ja kein Quartier. Wir einigten uns, jeder sorgte selbst für seine geladenen Gäste. Irgendwie gelang es uns. Etwas schwieriger war es bei meinem Onkel und seiner Frau, die beide mit den schmalen und harten finnischen Betten nicht zurechtkamen. Sie hatten ihre Tochter mitgebracht, während mein Vetter daheim bleiben musste. Auch für meine Schwester, die zu der Zeit in den USA lebte, war der Weg zu weit und zu teuer. Aber dafür stellten sich zwei meiner besten Freunde, Willi mit Frau und Sohn und mein alter Freund Eckart aus Bayern, ein. Mit meinen Freunden feierte ich dann nach alter deutscher Sitte meinen letzten Junggesellenabend, den man ihn Finnland so nicht kennt.

Als ich am Vortage meinen Onkel mit seiner Familie in Helsinki abholen wollte, standen Sirkka und ich am Kai hinter der Zollabsperrung und sahen, wie sein Auto langsam aus dem Bug des Schiffes herausrollte. Dort erfolgte sogleich ohne Zwischenfall die erste Zollkontrolle. Aber aus irgendeinem Grund wurde mein Onkel einhundert Meter danach noch einmal angehalten und befragt, ob er Alkoholika mit dabei hätte. Gut gelaunt, bejahte mein Onkel die Frage, Wein als Gastgeschenk für seinen Neffen und dessen Hochzeit. Er kannte ja nicht die strengen Zollvorschriften für Finnland. Als der Zollbeamte dann die hintere Klappe des Autos aufmachte, es handelte sich um den großen, sechszylindrigen Opel-Diplomat, und in dessen riesigem Kofferraum jede Menge Weinflaschen sah, staunte er nicht schlecht. Zum Glück kannten die Beamten viele der

Weinmarken nicht, denn sonst hätte mein Onkel noch ein Vielfaches an Zoll draufzahlen müssen. So wurde lediglich nach dem durchschnittlichen Alkoholgehalt des Weines die Summe taxiert. Dabei wäre die Flasche „Brauneberger Juffer" der Jahrgänge 1966 bis 1970, wohl auch Spätlesen dabei, damals wie heute fast unbezahlbar gewesen. Selten dürfte es bei einer finnischen Hochzeit so viel und so guten Wein gegeben haben. Dementsprechend gut war auch die Feststimmung. Noch eine Besonderheit gab es. Da mein Onkel bei der Zuzahlung beim Zoll seine kleineren Geldscheine gegeben hatte, wollte er später in Porvoo bei der Filiale einer großen finnischen Bank einen Fünfhundert-D-Mark-Schein wechseln. Doch man war nicht bereit dazu, nicht weil man ihm nicht traute, sondern weil man diesen Fünfhunderter noch nie dort gesehen hatte. Erst ein Rückruf dann bei der Hauptbank führte zum Ergebnis, aber ebenfalls nur auf Vertrauen. Ein Fax, eine Smartphone oder andere Möglichkeiten zur Überprüfung des Scheins von einem zum anderen Ort gab es noch nicht.

Am Morgen des Hochzeitstages brachte uns mein alter Freund in seinem knallroten, festlich geschmückten Ford-M 17 zur Domkirche von Porvoo. Ein paar Jahre früher hatte ich umgekehrt in Deutschland ihn mit seiner Elke zu Kirche in Hamburg gefahren. Die festlich gekleidete Hochzeitsgesellschaft saß schon in der wunderschönen Kirche, durch deren Glasfenster die Sonne alles im Glanz erstrahlen ließ. Die Feier selbst lief nicht anders ab, als sie in Deutschland üblich ist. Darin hatte ich ja Erfahrung, da ich in all den Jahren meines langjährigen Junggesellendaseins meinen Vetter, meine Schwester, all meine Cousinen und schließlich viele Freunde als Vertreter des jeweiligen Bräutigams die Brautjungfern neben den Altar begleitet hatte. Nun war ich es selbst, der vor dem Altar stand. Die Feier war fast international. Als Pastor hatte ich unseren schwedisch-finnischen Krankenhauspastor gebeten, der auch gut deutsch sprach. Dieser machte sich dann auch die Mühe, meine Gäste jeweils in ihrer Sprache mit ein paar Worten anzusprechen. Viele meiner befreundeten Kollegen und deren Frauen waren in schwedischer Sprache konfirmiert worden. Die Familie meiner Zukünftigen sprach finnisch. Also hatte ich bekannte Kirchenlieder ausgesucht, die bei gleicher Melodie in allen Sprachen in protestantischen Kirchen gesungen werden wie „ Lobt Gott ihr Christen allzu gleich" oder „ Ein feste Burg ist unser Gott" und andere. Da der mehrsprachige Text auslag, sangen alle kräftig mit, denn keiner wollte seine eigene Muttersprache dabei untergehen lassen.

Für unsere Feier hatten wir uns einen ganz besonderen Ort einfallen lassen. Damals konnten wir nicht ahnen, dass dieser einmal zum Weltkulturerbe zählen würde und niemals mehr abgerissen werden darf. Wenn man von Westen nach Porvoo hereinkommend über die neue Brücke fährt, sieht man wie Perlen aufgereiht auf der linken Seite, oder wenn man die alte Brücke nimmt, auf der rechten Seite, direkt am Wasser mehrere alte, aus Holzbohlen gebaute Fischerhäuser in einem kräftigen dunklem Rot. Diese Häuser haben alle Brände, auch den letzten vor rund zweihundert Jahren, überstanden und werden zum Teil noch heute zur Aufbewahrung der Fischernetze, aber auch als Museum oder Versammlungsraum genutzt. Sie sind Teil der Altstadt von Porvoo, die heute als Ganzes unter dem Schutz des Weltkulturerbes steht. Eines dieser Fischerhäuser wurde damals von einer Jugendgruppe als Versammlungsraum genutzt. Gern vermieteten sie uns den urigen Raum samt Tischen und Bänken, um ihre schmale Kasse ein wenig aufzubessern. Nun musste der Raum nur noch hergerichtet werden, wobei die gesamte früh angereiste Verwandtschaft half. Mein Schallplattenspieler samt meiner Schallplattensammlung und Verstärker fanden einen sicheren Platz. Kassetten oder CDs gab es damals noch nicht. Aus Helsinki wurde ein Buffet geliefert, an dem sich die Gäste später laben konnten. Alle waren sofort in allerbester Stimmung, wozu nicht nur die Hochzeit als solche, die Atmosphäre der Umgebung, sondern auch der reichlich spendierte deutsche Wein bester Sorte beitrug. Es dauerte nicht lange und es gab keinerlei Sprachschwierigkeiten mehr, denn schon wenig Alkohol löst bei Finnen sehr schnell die Sprachhemmungen. Und fast alle hatten auf der Schule irgendwie die deutsche Sprache gelernt, aber nie gesprochen. Heute wird mehr die englische Sprache gelehrt. Schließlich holte mein Freund seine Klarinette heraus, um aufzuspielen. Da konnte ich, Bräutigam hin, Bräutigam her, ihn nicht allein lassen, schnappte mir mein kleines Hohner IV und spielte mit ihm zum Tanz auf. Auch wenn sich die eine oder andere Tante meiner Frau anfangs etwas zierte, so wurde sie doch schließlich bei der Stimmung einfach mitgerissen. Auch der Sangesfreund aus Helsinki, stimmte dann so manches lustiges finnisches und deutsches Liedchen an, wie „ in München steht ein Hofbräuhaus", das alle kannten und freudig mitsangen. Irgendwann gegen 23 Uhr, als die Stimmung am höchsten war, verabschiedeten wir uns von der Gesellschaft, wobei jeder nach alter Tradition meinte, uns mit Reis, besonders mich überschütten zu müssen. Zu uns heim konnten wir aber nicht fahren, denn dort ließen wir einen Teil unserer Gäste an dem Abend nächtigen. Stattdessen hatte ich in weiser Voraussicht in dem nicht weit entfernt liegenden Luxushotel „*Haikon Kartano*", wo auch schon der verstorbene Bundespräsident Walter Scheel genächtigt hatte, ein Zimmer für uns bestellt. Als wir durch den Hoteleingang kamen, wurde der Nachtportier nervös. Niemand hätte gewusst, dass es sich um ein Brautpaar handele und in dem für uns vorgesehenen Zimmer ständen die Betten getrennt. Aber obwohl ich abwinkte und ihm sagte, dass das nun das Unwichtigste sei, lief er durch das ganze Hotel, um ein freies Zimmer mit passendem Doppelbett zu suchen. Als wir am nächsten Morgen zum Frühstück gingen, sahen wir, wie die Putzfrau das Treppenhaus und die Flure mit dem Staubsauger von Reis befreite. Denn bei der Suche nach einem „Hochzeitsbett", waren wir dem Portier durch das ganze Haus treppauf und trepprunter gefolgt, während aus unserer Kleidung der Reis die ganze Tour lang nur so rieselte. Just married!!!

Warum Gynäkologie?

Mittlerweile wurde mir bewusst, dass ich nicht Zeit meines Lebens nur operativ tätig sein wollte, das Hauptaufgabengebiet eines Chirurgen. Dessen Berufsstand war im Mittelalter aus dem Beruf des Baders, später des Feldschers hervorgegangen und wurde früher auch zu den handwerklichen Berufen mit eigener Zunft gezählt. Man konnte sogar seine Meisterprüfung ablegen, wie im sechzehnten Jahrhundert an der medizinischen Fakultät in Wien. Besonders im Dreißigjährigen Krieg war ihre Kunst der Wundversorgung sehr gefragt. Schließlich wurde auch im Zusammenhang mit der besseren Kenntnis der Anatomie des Menschen die Chirurgie ein Lehrfach an den Universitäten. Dass man zwischen dem Arzt und dem Chirurgen in den früheren Jahrhunderten unterschied, sieht man noch beispielsweise daran, dass anders als in Deutschland, wo der Promotionstitel der Ärzte immer „ Dr. med." lautet, der gleiche Titel aber in Finnland und einigen anderen Ländern auch heute noch getrennt „Doktor der Medizin und Chirurgie" heißt. Dies soll keineswegs die Chirurgie herabwürdigen. Ihre Vertreter leisten jeden Tag absolut Bewundernswertes. Aber es ist eben ein handwerklicher Beruf ebenso wie der eines Zahnarztes. Der Chirurg entfernt beispielsweise die zu große oder/und falsch funktionierende Schilddrüse. Die Feineinstellung der Schilddrüsenhormone übernimmt dann anschließend der Internist, also der Mediziner. Und genau hier unterscheidet sich die Frauenheilkunde von der Chirurgie. Der Gynäkologe operiert auch, entfernt beispielsweise die Eierstöcke. Aber er behandelt auch medikamentös die eventuell anschließend auftretenden Ausfallerscheinungen. Ich wollte beides, operieren und therapieren. Auch sagte ich mir, dass ich irgendwann einmal sämtliche gynäkologischen Operationen erlernt hätte, was man in der Chirurgie niemals behaupten kann. Außerdem hatte ich ein paar Jahre vorher in Hamburg in dem Fach Gynäkologie ein sehr gutes Staatsexamen abgelegt. Meine Erfahrungen bei Geburten hielten sich bis zum Staatexamen in Grenzen. Mich hatte aber die unbeschreibliche Dankbarkeit der Gebärenden gegenüber der Hebamme, gegenüber dem Arzt sehr beeindruckt, oft nur durch einen Händedruck oder eine kleine Geste. Es war die stille Würdigung der erbrachten Leistung, die ich in meinem ganzen späteren Berufsleben erfahren sollte, die ich aber in der Chirurgie in dieser Form nie verspürt habe. Falls es hier in Finnland nicht weiterlaufen sollte, so hatte mir mein alter Lehrer und Freund Professor Thomsen in Hamburg an der UKE Frauenklinik eine Planstelle angeboten. Doch da die Ausbildung in Finnland allgemein für alle Ärzte so gut war, wollte ich zunächst hier bleiben und hier meine Ausbildung abschließen. Nachdem man sich in Finnland üblicherweise die ersten Meriten in einem Kreiskrankenhaus geholt hat, geht man zur Facharztausbildung zunächst an ein Zentralkrankenhaus, um dann später an einer Uni-Klinik seine Ausbildung einschließlich einer schriftlichen Prüfung schon vor über fünfzig Jahren abzuschließen. So begann ich diesmal, mich bei Ausschreibungen in der offiziellen Ärztezeitung *Lääkärilehti* zu bewerben. Mit Erfolg, denn schon bei dem zweiten Versuch bot man mir eine Assistenzarztstelle auf der Gynäkologie und Geburtshilfe in Lappeenranta an. Ich besprach alles mit meiner nun schwangeren Frau, die sowieso nach der Geburt erst einmal eine Babypause einlegen wollte und gern mitkommen wollte. So fuhr ich nach Lappeenranta, um mich vorzustellen und alles zu regeln. Wir einigten uns auf den Dienstantritt zum ersten August 1972. Warum ich dieses Datum mir so gut merken kann, folgt im folgenden Kapitel.

Der Sohn meldet sich an

Eigentlich war der errechnete Termin in der ersten Augustwoche gewesen und Sirkka hätte in diesem Falle in Lappeenranta entbunden. Doch als wir am 28. Juli gemeinsam eine Fahrradtour machten, meinte meine Frau, es könne losgehen. Hier in Deutschland habe ich später niemals eine hochschwangere Frau auf dem Fahrrad fahren sehen. Wir fuhren zunächst zurück in unsere Wohnung und warteten ab. Vorsichtshalber erkundigte ich mich aber, wer in Porvoo im Krankenhaus Dienst hatte. Dabei erfuhr ich, dass unser einziger Anästhesist wieder einmal segelte. Würde es zu einem Kaiserschnitt kommen, wäre wieder eine ähnliche Situation entstanden, wie ich sie vorstehend beschrieben habe. Also beschlossen wir, nachdem in den frühen Morgenstunden des nächsten Tages die Fruchtblase gesprungen war, aus Sicherheitsgründen nach Helsinki zu fahren. Dort hatte ich ja gearbeitet und wusste, dass meine Frau dort in guten Händen war. Irgendwie war man damals der Meinung, mit intakter Fruchtblase durfte eine Schwangere Rad fahren, nach einem Blasensprung aber sollte sie liegend transportiert werden. Also deckte ich bei meinem alten VW Käfer, den ich mir mittlerweile angeschafft hatte, die hintere Bank sorgfältig ab und versuchte meine Frau, die aber kaum die Beine ausstrecken konnte, dort hinzulegen. Doch was sollte mit unserem Airedaleterrier *„livo"* geschehen? Schließlich konnte sich ja alles auch zeitlich hinziehen. Wir beschlossen, ihn mitzunehmen. Er bekam einen Ehrenplatz auf dem Beifahrersitz rechts neben mir und saß damit mehrfach besser und bequemer als sein Frauchen hinten quer und unbequem auf der Rückbank. Dann ging es Richtung Helsinki zur Frauenklinik, wo wir morgens gegen sechs Uhr ankamen. Auf der Innenhofseite gibt es eine große Auffahrtsrampe, die nur sehr selten benutzt wurde. Ich fuhr sie aber als nervöser, werdender Vater hoch und klingelte. Als die Hebamme die große Eingangstür öffnete, musste sie herzlich lachen, denn genau auf ihrer Seite blickte ihr unser großer Hund entgegen. Dann erst bemerkte sie meine Frau mit Wehen auf der Hinterbank und half ihr heraus. Zu der Zeit begann man gerade damit, Väter bei der Geburt zuzulassen. Ansonsten war eine normale Geburt reine Frauensache, also Schwangere, Hebamme und eventuell Kinderschwester. Auch Ärzte hatten, wenn es gut lief, nichts dabei zu suchen, auch nicht an den Unikliniken Finnlands. Meine Frau hatte Glück, allein in einem Zimmer zu sein. Denn normalerweise entbanden bis zu sechs, acht Frauen damals noch, nur durch einen Vorhang getrennt, in dem alten großen Saal. Der neue Kreißsaal mit Extraräumen für die Väter war ja noch nicht fertig gebaut. So wartete ich als früherer Arztkollege ausnahmsweise im Dienstzimmer. Als ich Sirkka kurz besuchte, bat sie mich, die Hebamme zu holen, da sie angeblich zur Toilette müsse. Doch als diese mit einem Becken kam, schüttelte sie nur den Kopf und bat mich, den Raum zu verlassen. Nur wenige Minuten später hörte ich, wieder im Dienstzimmer wartend, den ersten Schrei eines Kindes. Doch dann wurde ich sofort geholt. „Es ist ein Junge", sagte Sirkka glücklich, aber erschöpft. Das Geschlecht eines Kindes erfuhr man damals erst direkt nach der Geburt. Für alle Beteiligten immer eine echte Überraschung. Auch heute noch halte ich das für den besseren Weg. Man muss nicht alles vor der Geburt wissen. „Wie soll er heißen", wurden wir gefragt. Sirkka und ich schauten uns an. Wir hatten felsenfest mit einem Mädchen gerechnet und uns in diesem Falle auf Johanna, Charlotte, Christina geeinigt. Aber wir zögerten nicht lange. „Er heißt Johan, Carl, Christian". Der Name eines Mädchens wurde lediglich maskulanisiert. In Finnland gibt man oft mehrere Namen. Dabei müssen es nicht die Namen der Paten sein. Bewusst hatten wir Namen ausgesucht, die sowohl in Finnland als auch in Deutschland bekannt sind und die schwedische Schreibweise gewählt, die der deutschen gleicht. Nachdem alles zur Ruhe gekommen war, rief ich unsere Freunde in Helsinki an, die meinten, ich solle sofort vorbeikommen, mit unserem Hund, der brav im Auto geschlafen hatte. Mein finnischer Freund meinte, dass müsse gefeiert werden und lud mich in die Kneipe ein, die im gleichen Wohnhaus parterre lag. Dazu eine dicke Zigarre nach finnischer Art. So feierten wir so richtig. Zwischendurch gingen wir immer wieder in seine Sauna, die in seiner Wohnung integriert war. Dazu mussten wir von der Kneipe nur ein paar Etagen direkt mit dem Fahrstuhl hochfahren. Jedes Mal meinten wir, dass es uns mit jedem Saunagang besser ginge. Das war aber eine böse Täuschung, denn der Alkoholspiegel stieg dennoch. Lediglich der Kopf wurde nach dem Saunagang für einen kurzen Moment klarer. Zum Schluss half aber auch das nicht mehr. Ich wurde kurzerhand in einen großen Teppich eingerollt. Da war ich ruhig gestellt und konnte meinen Rausch ausschlafen. Am nächsten Morgen nach der Verabschiedung von Sirkka und einem stolzen Blick auf unseren Sohn fuhr ich zurück nach Porvoo, um mich auf den Umzug nach Lappeenranta und den Arbeitsantritt vorzubereiten.

Lappeenranta-Villmanstrand

Die Region um Lappeenranta, ganz im Südosten Finnlands, keine zwanzig Kilometer von der heutigen Grenze
zu Russland gelegen, war schon vierhundert Jahre vor
Christi bewohnt. Der Ort selbst, direkt an dem riesig großen Saima Seengebiet gelegen, das zu den absolut schöns-
ten Regionen Finnlands zählt, wurde schon 1300 erstmalig
erwähnt. Im Jahr 1649 bekam der Ort die Handels und-
Marktrechte durch die schwedische Königin Christina ver-
liehen. Sie hat übrigens auch ihre Spuren in Zeven, wo ich
heute wohne und was auch einmal zum schwedischen
Herrschaftsgebiet gehörte, im dortigen Christinenhaus
hinterlassen. Auf dem Siegel der in schwedischer Sprache
abgefassten Urkunde der Handelsrechte von Lappeenranta ist ein „wilder" Waldbewohner abgebildet, weshalb
die am Wasser liegende Stadt auch „ Villmanstrand" genannt wird. Nach einer sehr wechselhaften Geschichte,
deren Ursache immer die Kriege zwischen Russland und
Schweden waren, zu dem Finnland bis 1809 gehörte, lebt
die Stadt heute weniger von der Holzwirtschaft, der Her-
stellung von Teer und der mittlerweile stillgelegten Zellu-
loseproduktion, sondern nach dem Zerfall der Sowjetunion mehr vom Grenzhandel und den Touristen aus dem
In und- Ausland. Die zweiundsiebzigtausend Einwohner
werden neben einem Ärztezentrum durch das große Zentralkrankenhaus medizinisch versorgt. Der Schnellzug von
Helsinki nach St. Petersburg hält heute nach gut zwei
Stunden Fahrt in Lappeenranta. Wer die Bahn nicht nehmen will, kann direkt mit dem Flugzeug hier landen.

Nachdem meine Bewerbung angenommen war, hatte ich zunächst eine kleine Wohnung direkt in der Stadtmitte angemietet. Noch lebte ich kurz als Junggeselle, denn Sirkka war noch mit unserem Sprössling in der Klinik in Helsinki. Zwar wurden vor vierzig Jahren die Mütter in Finnland schon am zweiten oder dritten Tag nach der Entbindung, bei einem Kaiserschnitt am sechsten Tag entlassen, während man in Deutschland noch mindestens die doppelte Zeit die Klinikbetten füllen musste, aber auf mein Bitten hin durfte Sirkka wegen des Umzugs ein paar Tage länger bleiben. Als ich meine Familie von Helsinki mit meinem roten VW Käfer abholte - diesmal saß Sirkka neben mir und unser Hund und Kind kamen beide auf die Hinterbank - wunderte sich unser Wuffi *livo*, als er die ersten Babylaute aus dem Körbchen hörte. Im neuen Heim angekommen hatte Sirkka zunächst etwas Angst beim Waschen ihres Kindes. Irgendwie zögerte sie, das Kind kräftig anzufassen. Allzu zerbrechlich kam ihr es vor. Zum Glück hatte ich während meines Studiums in der Kinderklinik gelernt, dass Neugeborene nicht gleich auseinanderfallen, wenn man sie anfasst. So war es in den ersten zwei Tagen dann meine Aufgabe, unseren Sohn wegen fehlender Wanne im Waschbecken zu waschen. Sirkka war gut mit dem Waschen der Windeln beschäftigt, denn aufsaugende Windeln wie Pampers waren noch unbekannt. Auch hätte wir uns die nicht leisten können. Mit der Stadtwohnung aber waren wir nicht so richtig einverstanden. Darum mieteten wir uns ein ganzes Haus am Stadtrand im Norden. Hier fühlten wir uns wohl. Da das Haus aber mehr Zimmer hatte als wir benötigten, vermieteten wir noch Räume an eine nette junge Frau, die Beziehungen zu der bekannten

Designglasfirma *Iltala* hatte. Einige unserer Gläser stammen noch aus dieser Zeit. Der Nachteil des Hauses war aber seine Lage, da es für Sirkka zum Einkaufen ein sehr weiter Weg war, den sie mit Kinderkarre und Hund im Schlepp bewältigen musste. In dem darauf kommenden Winter schlief unser Sohn Johan oft draußen im Garten bei eisiger Kälte. Manchmal waren es 17 Grad minus. Als ich später dann eine Schwangerenberatungsstelle betreute, las ich dort im Wartezimmer für junge Mütter die Aufforderung, das Baby doch besser ins Haus zu nehmen, wenn es kälter als fünfzehn Grad minus sei. Na, so ganz haben wir uns eben nicht daran gehalten. Heute wissen wir, dass unser Sohn keinen Schaden genommen hat. Diese Anweisung mit der Temperatur habe ich später immer wieder in Deutschland allzu ängstlichen Müttern mit einem Augenzwinkern erzählt, wenn ihr Kind bei plus fünf Grad nur einmal „hatschi" machte und die unerfahrenen, allzu besorgten Mütter fast ausflippten.

Doch sehr lange wohnten wir nicht in dem eigentlich schönen Ort Lappeenranta. Und das kam so: Mit meinem neuen Chef älteren Jahrgangs, einem eingefleischten Junggesellen, kam ich bestens aus. Aber seine drei Oberärzte hatten, was in Finnland eigentlich unüblich ist, sehr häufig Streit miteinander, der oft auf dem Rücken der Assistenzärzte ausgetragen wurde. Auch war kaum einer von ihnen bereit, mir, dem Neuling, auf dem Gebiet der Gynäkologie und Geburtshilfe etwas beizubringen. Ja, sie versäumten sogar bis auf einen ihre Pflicht, mir bei Dingen zu helfen, die ich noch nie in meinem Leben gemacht hatte und die, falls es schiefging, zu Lasten der Patientin gegangen wären. Ich beschwerte mich daraufhin bei meinem

Vorgesetzten, was aber auch nicht viel half, da sie dem alten Mann auf der Nase herumtanzten. Hinzu kam, dass einer von ihnen wohl auch persönlich Ressentiments gegen mich hatte. Sein Vater oder besser gesagt Erzeuger war ein deutscher Soldat, der seine finnische Mutter geschwängert und dann sitzen gelassen hatte. Historisch übrigens kein Einzelfall in Finnland. Nur was ich damit zu tun hatte, ist mir nicht begreiflich. Er aber war es, der mir ständig ein Bein stellte und mich auflaufen ließ, zum Beispiel, dass er mir überhaupt nichts beibrachte oder auch einfach nicht erschien, wozu er verpflichtet gewesen wäre. In diesem Zusammenhang kann ich eine unvergessliche Geschichte erzählen:

In Finnland gibt es verhältnismäßig viele Zigeuner, heute sagt man Sinti und Roma. Im Finnischen nennt man sie *„mustalaiset"*, was wörtlich übersetzt „ die Schwarzen" heißt. Die Männer haben einen kreisförmigen, schwarzen Hut auf. Unter der schwarzen Weste sieht man das aufgeknöpfte weiße Hemd. Dazu gehören meist schwarze Reithosen und Reitstiefel. Viele von ihnen haben sich auf Pferdezucht - und handel spezialisiert. Die Frauen fallen durch ihre bunte Kleidung auf, mit farbigen Blusen, schwarzen, oft gehäkelten, überkreuzt geschlagenen Brusttüchern und mehreren weiten bis zu den Fußknöcheln reichenden, dunklen Röcken und Unterröcken mehrfach übereinander. In der Öffentlichkeit wie in Ämtern, auf Märkten und in Kliniken treten sie meist auffallend sichtbar in Gruppen von ein oder mehreren Familienclans auf. Nie kommt von ihnen jemand allein als Patient in ein Krankenhaus. Stets ist ein ganzer Pulk von Angehörigen dabei, die so lange warten, bis alles geklärt ist. Heute kennen dieses Verhalten deutsche Klinikärzte von einigen zugewanderten Bevölkerungsgruppen.

So rief mich eines Tages die diensthabende Hebamme an und sagte eine Roma- Frau sei gekommen, sie sei am Ende ihrer Schwangerschaft, von der Größe des Bauchumfanges sei anzunehmen, es könnte sich um mehr als nur ein einziges Kind handeln, ich möge bitte gleich kommen. Ich machte mich sofort auf den Weg, hatte aber Angst, denn eine Mehrlingsentbindung hatte ich noch nie in meinem Leben geleitet, nur in Porvoo einmal gesehen, abgesehen als Anästhesist bei den Kaiserschnitten in Helsinki. Auf meinem Weg zum Kreißsaal begegnete ich in der Halle dem ganzen wartenden Clan, der mich kritisch musterte. Im Geburtenvorraum angekommen bestätigte ich die Vermutung der Hebamme. Also rief ich den Oberarzt an und bat ihn, wegen meiner Unerfahrenheit in der Leitung einer Risikoentbindung, zu der eine Zwillingsgeburt zählt, selbst dazuzukommen. Doch der redete sich irgendwie heraus, kurz gesagt, er kam trotz meiner Bitte und Aufforderung nicht. Es dauerte nicht lang und das erste Kind kam schreiend zur Welt. Das zweite ließ auf sich warten. Da der Oberarzt nicht erschien, zeigte mir zum Glück die erfahrene Hebamme, was ich bei der Untersuchung ertaste und welchen Handgriff ich machen sollte. Es dauerte nicht lang und der zweite Zwilling kam mit Schwung. Beide Kinder waren für Zwillinge gut drauf. Aber sie hatten nur ein Gewicht von etwa 2400 Gramm, was zunächst für Gemini nicht schlecht, aber zu wenig ist, um am gleichen Tag entlassen zu werden. Doch darauf ließ sich der nun in den Kreißsaal gerufene Vater, der Patriarch der Familie, nicht ein, der über seine Reitstiefel weiße Schutzschuhe gezogen hatte. Trotz energischer Diskussion schnappte er sich seine Frau, sowie diese versorgt war, samt seiner beiden neugeborenen Kinder und war verschwunden. Doch wenigstens sich im Gesundheitszentrum zur Impfung seiner Kinder zu melden, konnte die Hebamme gerade noch hinterherrufen. Von all diesen Vorgängen berichtete ich am nächsten Morgen meinem Chef und erwähnte, dass mein Oberarzt trotz Bitten in dieser prekären Situation mich im Stich gelassen hatte. Dennoch sollte ich ähnliche Situationen noch mehrmals erleben. Mir wurde sehr bald klar, dass ich unter dieser Konstellation nichts lernen würde.

Das sah allerdings anders bei der Stiftung für Krebserkrankungen aus, die mich zu Vorsorgeuntersuchungen angeheuert hatte und mit der ich gut zusammenarbeiten konnte. Auch begann ich in der Krankenschwesterschule Unterricht in Gynäkologie und Geburtshilfe zu geben. Das war aber anfangs nicht so ganz einfach. Zwar beherrschte ich die finnische Sprache schon relativ gut, auch beschrieben die Ärzte die Anatomie mit lateinischen Bezeichnungen. Aber in der Geburtshilfe sagt man auch die im Volk übliche Bezeichnung. Auch wenn man fließend englisch spricht, weiß man beispielsweise oft nicht, dass mit *womb* die Gebärmutter gemeint ist. So spricht man auch im Deutschen eben von der Gebärmutter und von der Nabelschnur und nicht vom *Uterus* und nicht vom *Umbilicus.* Bisher hatte ich nur die lateinischen Bezeichnungen gebraucht. Nun sollte ich den Schülerinnen auch sagen, wie diese Organe in ihrer Muttersprache heißen. Da haperte es anfangs, wenn mir nicht geholfen wurde. So musste ich das Wort *kohdu* für die Gebärmutter und *napanuora* für die Nabelschnur und viele anderen muttersprachlichen Bezeichnungen erst lernen.

Wegen des schlechten Arbeitsklimas mit den Oberärzten fing ich an, mich woanders umzuschauen. Als in Kotka am Zentralkrankenhaus eine Planstelle in der Gynäkologie frei wurde, schickte ich meine Bewerbung ab.

In Lappeenranta begann ich aber zum ersten Mal wie fast alle Klinikärzte, nebenbei privat beruflich tätig zu sein, jedoch zunächst in der Allgemeinmedizin. Dazu konnte man sich in einem großen Ärztezentrum stundenweise einmieten. Ich komme darauf später noch einmal zurück. Ich erwähne es nur deshalb jetzt schon, weil der Zeitpunkt der selbstständigen Berufsausübung für deutsche Verhältnisse sehr früh war.

In der Zeit in Lappeenranta hatte ich aber zwei Mal Besuch aus Deutschland. Zuerst war es mein Studienfreund Hans-Jürgen Sternowsky, der unseren Sohn als Pädiater sofort gründlich untersuchte. Er sollte dann auch später in Deutschland Johans Kinderarzt bleiben. Hans-Jürgen, der mich schon früher mit seiner Frau in Helsinki besucht hatte, war jetzt zum zweiten Mal wegen wissenschaftlicher Untersuchungen in Helsinki. Dabei hatte er die gute Zugverbindung von Helsinki nach Lappeenranta genutzt, um ein Wochenende bei uns zu verbringen. Des Weiteren kam auch mein alter Freund Eckart aus dem Bayerischen Wald mit seinen Freunden mit einem Campingauto vorbei. Leider hatte ich zu der Zeit Bereitschaftsdienst in der Klinik, die ich nicht verlassen konnte, und deshalb nur sehr wenig Zeit für ihn.

Kotka

Zum Glück besitzt man am Anfang einer Ehe noch nicht so viele Sachen und Möbel. So war der Umzug nach Kotka noch nicht so kompliziert wie bei unseren späteren Umzügen. In Kotka selbst war ich vorher nur einmal bei meinen Exkursionen von Porvoo aus gewesen. Die Stadt, die zu der Gemeinde Kymi gezählt wird, mit ihren rund fünfzigtausend Einwohnern liegt etwa einhundertundvierzig Kilometer östlich von Helsinki und gehört mit zu den größten Hafenstädten Finnlands. Der Ort liegt quasi auf einer Insel und ist nur über eine Landenge zu erreichen, die durch die dreiarmige Mündung des Flusses Kymi gebildet wird. Ebenso wie Porvoo ist das Gebiet schon seit dem dreizehnten Jahrhundert als wichtiger Handelsplatz bekannt. Und ebenso wie Lappeenranta hat Kotka unter den ständigen Kriegen zwischen Russland und Schweden immer wieder sehr gelitten. Heute ist Kotka nicht nur eine wichtige Hafen-, sondern auch eine bedeutende Industriestadt.

Das Zentralkrankenhaus, an der Einfallstraße zur Stadt auf der rechten Seite liegend, gehört in dieser Größe zu den jüngsten Krankenhäusern, die nach dem letzten Weltkrieg gebaut worden sind. Alle medizinischen Spezialitäten sind dort vertreten. Die Anzahl der Geburten betrug etwa zweitausend pro Jahr, genug um etwas zu lernen, denn wir waren nur drei Assistenzärzte. Für die Ärzte gab es auf dem am Meer liegenden Klinikgelände, wie könnte es in Finnland anders sein, ähnlich wie in Porvoo sowohl Einzelhäuser als auch mehrstöckige Wohnhäuser. Eine dieser

Wohnungen konnten wir beziehen, wenn auch nicht direkt am Wasser. Ich hatte also wieder einen kurzen Arbeitsweg. Ich merkte sehr schnell, dass ich mit dem Klinikwechsel den richtigen Schritt gemacht hatte. Mein sehr freundlicher Chef Eric Askan war, im Gegensatz zu den Erfahrungen in der Klinik davor, ernsthaft daran interessiert, seinen jungen Ärzten etwas beizubringen. Das galt ebenso für seine beiden Oberärzte, die im Gegensatz zu den Oberärzten in Lappeenranta gut miteinander auskamen. Wenn ich nicht zu Operationen eingeteilt war, hatte ich Dienst in der Poliklinik, die reichlich frequentiert wurde. Nachdem ich die Patienten untersucht hatte, stellte ich sie meinem zuständigen Oberarzt vor, der dann hier und da ein guten Rat gab. Das war auch am Anfang oft nötig. Doch ich sollte in dieser Zeit sehr viel lernen.

Im Zusammenhang mit der Poliklinik in Kotka erinnere ich mich an zwei Begebenheiten. Zwischen Porvoo und Kotka wurde in Loviisa, ebenfalls am Meer gelegen, im Auftrage Finnlands ein Atommeiler von einer russischen Firma gebaut. So konnte es schon einmal vorkommen, dass uns russische Patienten und auch Patientinnen vorgestellt wurden. Nur kamen sie nie allein und hatten stets eine(n) Begleiter(in) mit dabei, die sich, wie in unserem Falle, kaum auch bei der Untersuchung wegschicken ließen. Gleichzeitig funktionierten sie auch angeblich als Übersetzer. Bei einer Patientin bemerkte ich eines Tages, dass die junge russische Ingenieurin auch die deutsche Sprache beherrschte. Da ich die Übersetzungen aus dem Russischen ins Finnische bei der Anamnese für zu mühselig hielt, befragte ich die Patientin direkt in deutscher Sprache, in der sie auch mühelos antwortete. Doch da hatte ich wohl einen Fehler gemacht. Es zeigte sich gleichzeitig auch die wahren Funktionen der Begleitung. Diese wurde sichtlich grantig, mischte sich sofort ein und verlangte, dass sie sofort weiter durch die Übersetzung an dem Gespräch beteiligt sei, da sie wohl sichtlich nicht verstand, was die Patientin mit mir nun besprach. Die russische Patientin tat mir leid und ich erfuhr zum ersten Mal persönlich, wie es als Bürger in einem totalitär regierten Staat ist.

Hatte ich am Wochenende Dienst, bekam ich auch mit, was auf der chirurgischen und internistischen Seite los war. Denn an diesen Tagen wurden regelmäßig zwei geflieste Räume der Poliklinik völlig leer geräumt und ein oder zwei Matratzen auf die blanken Böden gelegt. Das war die Vorbereitung auf die zu den Feiertagen zu erwartenden stark alkoholisierten Patienten, die dann meist mit kleineren Blessuren das Krankenhaus aufsuchten. Nach der Versorgung wurden diese dann zum Ausnüchtern auf die gummierten Matratzen gelegt und am nächsten Morgen halbwegs nüchtern entlassen. Anschließend wurden die Räume und die Unterlagen wieder mit einem großen Wasserschlauch gereinigt. Zwar kannte ich das im geringeren Maße auch aus Hamburg, besonders den Stadtteilen St. Georg und St. Pauli, aber nicht mit dieser wiederkehrenden Häufigkeit. Das Produkt einer verkehrten Alkoholpolitik und, was noch wichtiger ist, einer falschen Erziehung. Denn unter dem Strich trinken die Finnen ebenso wie die Schweden weitaus weniger Gramm Alkohol pro Kopf als der Rest der Europäer. Da sich herumgesprochen hatte, dass ich auch eine chirurgische Vorbildung hatte, baten mich ein oder zwei Mal die Chirurgen, ihren Dienst mit zu übernehmen. Nachdem ich aber einmal eine schlechte Erfahrung machen musste, lehnte ich später weitere Bereitschaftsdienste ab. Wieder hatte ich es ähnlich wie in Porvoo mit einem akuten Bauch zu tun. Ich informierte telefonisch den chirurgischen Hintergrunddienst. Der Oberarzt meinte, ich solle doch schon den Bauch öffnen, er käme dann hinzu. Nun, diesmal musste ich nicht wie in Porvoo die Narkose einleiten, sondern konnte direkt mit der Operation beginnen. Nachdem ich mit der Assistenz der Instrumentierschwester den Bauch eröffnet hatte, verschaffte ich mir einen Überblick. Dabei sah ich trübe Flüssigkeit im Bauchraum, die dort nicht hingehörte. Auf der weiteren Suche fand ich schließlich ein kleines winziges Löchlein, aus dem es „heraussuppte". Bei genauem Hinsehen erkannte ich auch den Rest einer Gräte, die das Loch verursacht hatte. „Sicherlich mal wieder ein Hecht", dachte ich mir im Stillen. Denn zu neunzig Prozent derartiger „Unfälle" sind in Finnland die Verursacher meist Hechte oder Brassen. Das hatte ich schon in Porvoo während meiner chirurgischen Zeit mitbekommen, wo ich schon manche Gräte aus dem Schlund entfernt hatte. Nachdem die Diagnose stand, ließ ich den Oberarzt bitten zu kommen. Ja, er käme gleich, ich solle schon weitermachen, ließ er wiederum mir mitteilen. Während ich schon einmal den Bauchraum mit physiologischer Kochsalzlösung spülte, wartete nun die gesamte Mannschaft auf das Erscheinen des Herrn Chirurgen, die Instrumentierschwester, die Zweitschwester, die Narkoseärztin, ich selbst und der Patient, der das aber zum Glück nicht mitbekam. Nochmals anrufen, wieder Vertröstung. Schließlich machte eine der Krankenschwestern eine eindeutige Geste, indem sie ihre Hand mit ausgestrecktem Daumen zwei Mal andeutungsweise zum Mund führte. „Trinkt der Oberarzt"? fragte ich. Bedeutungsvolles Schweigen. Aber zwei der Anwesenden nickten. Ich seufzte und wusste nun, woran ich war. Es blieb mir nichts anderes übrig, als weiter zu machen. Ich kann heute nicht mehr sagen, ob ich mit einer Übernähung, also faltenartigem Einschlagen des Darmes, das Loch decken konnte oder ob ich ein Stück vom Darm wegnehmen musste, wobei bei mir mangels Routine die Erfahrung fehlte. Jedenfalls war es wie in Porvoo. Drei Tage lang Zittern bis ich erfuhr, dass der Patient über den Berg war. Dem Chef der Chirurgie gab ich einen Wink. Allein aus persönlichen Haftungsgründen musste ich das in diesem Falle und für die Zukunft der Patienten tun.

Ansonsten trafen wir Gynäkologen uns jeden Morgen im Kreißsaal, wo die Vorfälle der vergangenen Nacht besprochen, neue Schwangere untersucht, die CTG im Beisein aller Hebammen ausgewertet wurden. Besonders hier entstanden oft heiße Diskussionen. Denn die Auswertung der laufenden akustischen und schriftlichen Registrierung der kindlichen Herzfrequenzen, dem CTG, steckte zu der Zeit noch in den Kinderschuhen. Kompetente Literatur gab es nur sehr wenig. Im Gegensatz dazu gaben die Mikroblutuntersuchungen von dem im mütterlichen Becken befindlichen Schädel nach Dr. Sahling klare Aussagen über das Befinden des Säuglings unter der Geburt und direkt danach. Bei den Ultraschalluntersuchungen, die damals nur an Zentralkrankenhäusern und Unikliniken durchgeführt wurden, waren die Aussagen doch häufig sehr zweifelhaft. Und dennoch muss man heute nur lächeln, wenn man die alten Bilder aus der Zeit sieht, zu welchen Diagnosen sich die Fachleute hinreißen ließen. Von 3-D Aufnahmen in vivo hat man im Jahr 1972-1973 noch nicht einmal geträumt. Die Apparate selbst waren so groß, dass sie eine ganze „Speisekammer" hätten ausfüllen können. Mein Chef als Lehrer und seine beiden Oberärzte waren geradezu besessen, ihren Assistenzärzten etwas beizubringen. Von jedem konnte ich bei den Operationen und der Leitung einer Risikogeburt irgendeine Besonderheit mir abgucken, die ich dann später in meinem beruflichen Leben sehr gut nutzen konnte.

Besonders von meinem Chef Erik lernte ich, eine Steißgeburt geschickt durch die Scheide zu entwickeln und vor allem keine Angst davor zu haben. Unbedingt notwendig ist aber die Hilfe einer erfahrenen Hebamme, die im richtigen Moment von oben in der genau richtigen Dosierung nur leicht etwas drückt. So bekam ich mit der Zeit eine derartige Routine, dass ein Kaiserschnitt nur selten notwendig wurde. Heute wird aber in den meisten Fällen ein Kaiserschnitt durchgeführt. Das Wichtigste aber war auch bei der manuellen Hilfe, dass die Kinder auch gesund zur Welt kamen. Häufig wurde ich an die Erzählung über die Geburt des letzten deutschen Kaisers Friedrich Wilhelm II erinnert, die mir ein Hamburger Freund erzählt hat, dessen Mutter eine geborene Bumm und Ururenkelin des berühmten Gynäkologen Geheimrat Bumm war:

Als die Ehefrau Viktoria des damaligen Kaiser Friedrich III im Januar des Jahres 1859 starke Wehen bekam, rief man den bekannten Gynäkologen Professor Bumm, denn die Hebamme hatte bereits bemerkt, dass nicht alles regelrecht lief. Das hieß, der Kronprinz und zukünftige Kaiser wollte nicht mit dem Kopf zuerst auf die Welt kommen, was bei etwa fünf Prozent der Entbindungen passiert. Doch Mitte des neunzehnten Jahrhunderts entblößten sich die Frauen nicht mal eben so, auch nicht unter der Geburt. Es herrschten andere Zeiten. Noch Anfang des zwanzigsten Jahrhunderts half meine Großmutter den bis oben hin bekleideten Frauen, wenn sie aus dem Badewagen am Strand von St. Peter-Ording bis zum Hals bedeckt ins Meer steigen wollten. Bei den Moralvorstellungen fand die Zeugung wohl nur unter der Bettdecke statt. Rund zweihundertsechsundsechzig Tage später war dann die Geburt meist bei Kerzen- und Petroleumbeleuchtung. Kurz gesagt, Frauen entblößten sich quasi nie. So durfte also der arme Gynäkologe Bumm zur geburtshilflichen Untersuchung den weiten Rock der Kaiserin gerade mal ein wenig anlupfen. Wie sollte dann die schwierige Entwicklung eines Kindes aus Steißlage glücken? Komplikationen waren da schon vorprogrammiert, wie ich heute aus eigener Erfahrung selbst sagen kann. Unser späterer, zum Glück auch letzter Kaiser wollte also nun mit dem „Ärschlein" voran auf die Welt kommen. Normalerweise gibt es bis zu diesem Zeitpunkt bei der Geburt aus Steißlage selten ein Problem. Aber danach wird es schwierig, wenn der Kopf entwickelt werden muss und dabei die Ärmchen des Kindes, beziehungsweise die Nervenbündel des Halses und der Schulter für einen Moment zu lange gedrückt werden. Das muss möglichst vermieden werden. Wenn es nicht sofort erkannt und behandelt wird, kann es zu einer Teillähmung des betroffenen Armes mit einer leichten Verkürzung durch die Fehlhaltung kommen. Beschrieben wurde das durch den Neurologen Professor Erb in Heidelberg, aber erst zehn Jahre später nach der Geburt von

Friedrich Wilhelm. Ich will die Geschichte abschließen. Der Geheimrat Bumm gab bestimmt sein Bestes bei der Entwicklung des Kronprinzen aus Steißlage unter dem weiten Rock der Kaiserin. Dass aber die Schulter, beziehungsweise der Hals des Knaben bei diesem schwierigen Manöver unter diesen Umständen kräftig gedrückt wurde, dafür konnte auch der beste Geburtshelfer wie Bumm nichts. Die Folgen kann man auch heute noch auf alten Schwarzweißfilmen und Fotos sehen, wie der letzte Kaiser Friedrich Wilhelm der Zweite, der am 27. Januar 1859 in Berlin mit dem „Achtersteven" voran zur Welt kam und am 4. Juni 1941 in Doorn (NL) im Exil verstarb, stets eine sehr typische Schonhaltung seiner Schulter und bei genauerer Betrachtung auch einen leicht verkürzten Arm zeigte. Holzhacken aber konnte er noch bis ins hohe Alter, wohl mit der gesunden Seite. Soweit also zum Thema Leitung einer Geburt aus Steißlage, die ich in Kotka bis zum Effeff gelernt habe.

Wurde ich nachts in den Kreißsaal gerufen, musste ich nie allein dorthin gehen. Die Abteilung konnte man von außen durch eine kleine Seitentür mit einem kleinen Flur und einer zweiten Tür betreten. Nur für Personal war dort zu lesen. Unser Airedaleterrier Iivo war es gewohnt, immer mitgenommen zu werden, nicht nur zum Gassi gehen, sondern auch, wenn ich etwas zu erledigen hatte wie beispielsweise Einkaufen. Und Tag oder Nacht war dem jungen Hund sowieso gleich. Woher sollte er denn wissen, dass ich in den Kreißsaal gerufen war. Also stand er jedes Mal bettelnd an der Wohnungstür, wenn ich auch nachts losgehen musste. Da fiel es mir schwer, den traurigen Augen meines Hundes zu widerstehen. Also sagte ich ihm, draußen sei es bitterkalt und wenn er Pech hätte, müsse er ein bis zwei Stunden auf mich warten. Mein Hund war einverstanden, so deutete ich jedenfalls sein Verhalten. Und so trotteten wir beide nachts im Dunkeln zur Seitentür des Kreißsaals, wo er sich brav auf die Matte zwischen der Innen- und Außentür hinlegte, um auf mich zu warten. Das konnte manchmal schon ein paar Stunden dauern. Nach getaner Arbeit ging es dann wieder zu zweit zurück.

Während ich in Lappeenranta mangels Erfahrung noch im Nebenjob Sprechstunden für Allgemeinmedizin in einer großen Gemeinschaftspraxis abhielt, begann ich nach einer gewissen Zeit im privaten Ärztezentrum in Kotka stundenweise Praxis auf dem gynäkologischen Gebiet anzubieten. Nun ist es an der Zeit, dem Außenstehenden zum Verständnis das Gesundheitssystem Finnlands zu erklären.

Das finnische Gesundheitssystem

In Finnland gibt es verteilt und gestaffelt über das ganze Land etwa 35 Kreiskrankenhäuser, nur sehr wenige kleine Stadtkrankenhäuser, beide meist mit den Abteilungen Innere, Chirurgie, Gynäkologie und Geburtshilfe. Letztere ist in den letzten Jahren aus Kosten- und Sicherheitsgründen vollständig abgeschafft worden. Die 16 großen Zentralkrankenhäuser inklusiv auf den Aland-Inseln mit sämtlichen Abteilungen sind mit einem Abstand von circa 200-300 Kilometern über das ganze Land verteilt. Finnland ist von der Gesamtfläche her so groß wie etwa die alte Bundesrepublik. Hinzu kommen 5 Universitätskliniken. Sämtliche Krankenhäuser und Kliniken haben Polikliniken fast sämtlicher Fachrichtungen. Die Patienten kommen außer im akuten Fall direkt mit einer Überweisung eines Arztes dorthin. Daneben gibt es in zwei bis drei großen Städten ein paar spezialisierte Privatkliniken. Für die primäre ambulante Versorgung sind im ganzen Land etwa 548 kommunale und städtische Gesundheitszenten zuständig, in denen neben den Allgemeinmedizinern auch Spezialisten arbeiten können. Zu meiner Zeit Anfang der siebziger Jahre gab es circa 13.000 Ärzte, heute arbeiten über 20.000 im ganzen Land. Davon sind etwa 8.400 in Kliniken und 4.400 in Gesundheitszentren beschäftigt. Nicht ganz 4.000 Ärzte arbeiten nur auf privater Basis. Wie bei den Klinikärzten bekommen auch die Ärzte in den Gesundheitszentren tariflich geregelt ein Gehalt, was im Durchschnitt für alle Ärzte etwa 5.000 Euro/Monat beträgt. Es werden 50 verschiedene ärztliche Spezialitäten unterschieden. Die Facharztausbildung dauert 5-6 Jahre und ist gestaffelt.

Schwangere Frauen werden ausnahmslos zunächst nur von den angestellten Hebammen der Gesundheitszentren versorgt, die bei Risikoschwangerschaften einen Spezialisten hinzuziehen. Für alle angestellten Ärzte in den Kliniken und Gesundheitszentren galt die Wochenarbeitszeit zu meiner Zeit in den Siebzigern 34,5 Stunden. Heute sind es 38,25 Stunden. Die Anzahl der Bereitschaftsdienste ist auf maximal fünf pro Monat und der Rufbereitschaft auf zehn pro Monat tariflich begrenzt. Die durchschnittliche Anzahl der behandelten Patienten beträgt vier bis fünf pro Stunde, was für beide Seiten stressfrei ist. Daneben ist es jedem approbierten Arzt erlaubt, ob angestellt oder nicht, hauptamtlich oder nur nebenberuflich, unbegrenzt privat in meist großen Privatambulanzen zu behandeln, soweit es nicht mit seinen Hauptaufgaben kollidiert. Die meist pauschal festgelegten Gebühren muss der Patient direkt sofort nach jedem Besuch bezahlen. Je nach Diagnose bekommt er einen Teil der Gebühren von den öffentlichen Kassen erstattet. Die durchnummerierten Rechnungsformulare werden von der Ärztekammer herausgegeben. Die Zweitausfertigungen und die Fehlschreibungen müssen wiederum durchnummeriert dem Finanzamt jährlich vorgelegt werden. Für jeden Arzt gibt es für jede Behandlung eine Grundgebühr, die der Arzt, sollte er offiziell spezialisiert sein, um fünfzig Prozent erhöhen darf. Sollte er Professor auf dem Gebiet sein, darf er die Gebühr verdoppeln. Auf diese Nebeneinnahmen sind auch selbst die Klinikchefs angewiesen, da es in den Krankenhäusern keinerlei Privatsprechstunden gibt. In Finnland gibt es nur, um mit unseren Begriffen zu reden, eine kommunale Bürgerversicherung für jeden, unabhängig vom Personenstand oder Einkommen, die über kommunale Steuern finanziert wird. Über diese Versicherung erhält der Finne alle notwendigen Behandlungen, aber nur in der Region seiner Kommune. Es gibt natürlich auch Zusatzversicherungen, die aber nur wenige haben und die auch nur selten genutzt werden. Dass ein Klinikchef eine ganze Privatstation wie in Deutschland betreibt, gibt es in Finnland nicht. Die Anzahl der privaten Betten ist fest geregelt. So darf der Abteilungsleiter zwei, maximal vier private Betten vorhalten und sein leitender Oberarzt ein oder zwei. Das ist es dann aber auch. Selbstverständlich müssen die Leistungen selbst erbracht werden. Wie das in der Praxis abläuft, beschreibe ich, wenn ich über meine Zeit als Gynäkologe in Helsinki berichte. Jedenfalls sieht man, alle Ärzte sind gleich, fast, ist vielleicht besser zu sagen.

In fast allen größeren Orten gibt es diese privaten Ärztezentren, wo Ärzte hauptamtlich oder nebenberuflich und zeitversetzt, wie ich das auch tat, Patienten behandeln. Dabei handelt es sich meist um eine Aktiengesellschaft. Aktieninhaber sind in der Regel die Ärzte selbst. Aber es gibt wohl auch andere Finanziers, da die Zentren mit Profit laufen. In diesen Zentren kann jeder Arzt ganztägig oder auch nur stundenweise arbeiten. Dazu mietet der Arzt für sich den Raum mit allem Zubehör und auch dem notwendigen Personal, das auch von den Patienten die Gebühr einzieht. Da nach der Sprechstunde mit dem Ärztezentrum direkt abgerechnet wird, wird bei der Auszahlung der Stunden-oder Tageseinnahme je nach Vertrag ein gewisser Betrag für die Aktiengesellschaft als Miete und für Personalkosten sofort einbehalten. Wobei Aktieninhaber dabei günstiger wegkommen. Diese privaten Arztzentren sind oft sehr komplex. Oft gehören auch ein Labor und eine radiologische Abteilung dazu. An Patienten und Patientinnen mangelt es nicht, da diese Zentren sehr effektiv arbeiten und personell meist sehr gut besetzt sind. Oft arbeiten mehrere Ärzte der gleichen Fachrichtung zur gleichen Zeit im gleichen Zentrum. In Helsinki gibt es auch heute noch so ein großes Zentrum zu meiner Zeit mit rund achtzig Ärzten direkt gegenüber vom großen Kaufhaus Stockmann. Zu meiner Zeit waren wir vier bis sechs Gynäkologen. Mit Sicherheit wird sich im Laufe der Jahre vieles geändert haben. Aber das Grundprinzip des Gesundheitssystems ist bis heute gleich geblieben.

Poliklinik, Privatpraxis und kommunaler Dienst

Mitten in der auf der Halbinsel befindlichen Innenstadt Kotkas gab es nun ein derartiges privates Ärztezentrum. Dort hatten fast alle Ärzte des Zentralkrankenhauses ein oder zwei Mal in der Woche, nachmittags nach der offiziellen Arbeit ihre Praxis, auch meine Oberärzte und mein Chef, der es sich häufiger leistete, vorzeitig die Klinik zu verlassen. Das wurde aber ganz offensichtlich von der Verwaltung geduldet, während die niedrigen Chargen schon die volle, wenn auch nicht große Stundenzahl ableisten mussten. Oft waren wir dann gleichzeitig zwei, sogar drei Gynäkologen, die nebeneinander, jeder in seinem Untersuchungszimmer, Patientinnen behandelten. So begann auch ich nach einer gewissen Zeit dort, unsere Haushaltskasse aufzubessern. Patientinnen gab es genug und die Nachfrage war gut. Die Krankheitsbilder waren die gleichen wie in jeder gynäkolischen Praxis. Der Vorteil war natürlich der gute Draht zum Krankenhaus. Im Extremfall konnte ich sogar meinen Chef im Nachbarzimmer anrufen und um einen Rat bitten. Ein Konkurrenzkampf unter den Ärzten war unbekannt. So konnte ich immer wieder Patientinnen in die Klinik schicken, die ich in den Folgetagen dann selbst operieren sollte. Es gab allerdings einen großen Unterschied zu den deutschen Verhältnissen. Bei den Vorstellungen oder Einweisungen musste auf dem großen Formular stets eine, wenn auch kurze, aber auch vollständige Anamnese einschließlich der vorausgegangenen Therapien und die Medikamente zu lesen sein. In Deutschland

bekam ich häufiger Patientinnen mit dem Einweisungs-
schein, auf dem lediglich zu lesen war: „zur HE" (zur Entfernung der Gebärmutter). Kein Hinweis darauf, dass die
Patientin beispielsweise vielleicht eine Lebererkrankung
hatte oder welche Behandlungen vorher erfolgt waren. In
Finnland hätte ohne die ausführlichen Mitteilungen an
den weiterbehandelnden Kollegen kein Arzt die Chance,
dass sein(e) Patient(in) poliklinisch untersucht oder stationär aufgenommen würde, außer im Notfall. Das galt und
gilt für alle Zweige der Medizin. Die private ambulante
Praxis machte sehr viel Freude. In der Regel wurden fünfzehn Minuten für eine Patientin reserviert, was stressfrei
und ausreichend ist, da nicht alle diese Zeit benötigen. Da
die Behandlung von den Patienten in bar bezahlt wurde,
denn EC- Karten gab es damals noch nicht, kam ich dann
abends als junger Familienvater oft nach Abzug mit ein
paar Hunderten in der Hand nach Hause. Dabei drohte
aber eine Gefahr. Zum Ende des Jahres wollte das Finanzamt seinen nicht immer kleinen Anteil. Nach gut zwei Jahren an der Zentralklinik in Kotka hatte ich genug gelernt
und gesehen, um meine Ausbildung anderswo fortzuset-
zen.

In Finnland muss jeder Arzt, wenn er die Facharztanerkennung beantragt, nachweisen, dass er mindestens ein halbes Jahr lang in kommunalen Diensten gearbeitet hat. Am
liebsten sieht es die Ärztekammer, wenn der Kandidat in
ein dünn besiedeltes Gebiet, am besten nach Lappland o-
der Nordkarelien an der russischen Grenze geht. Nun, soweit wollte ich nicht und bewarb mich um eine Planstelle
bei dem kommunalen Gesundheitszentrum der Stadt
Kotka, deren Räumlichkeiten mitten in der Stadt lagen.

Dort waren wir sechs Ärzte, von denen einige auch sich spezialisiert hatten. Besonders an den leitenden Arzt erinnere ich mich, der von Haus aus Dermatologe war und sehr häufig Psychopharmaka verschrieb. Als ich ihn nach dem Grund fragte, erklärte er mir, dass die Haut sehr häufig wie ein Spiegel den Zustand der Seele projiziere und deshalb eben der Einsatz dieser Medikamente oft sehr wirkungsvoll sei. Jeder von uns Ärzten hatte so sein Schwerpunktgebiet.

Bei meinem Antritt erklärte ich, dass ich besonders gern chirurgische und gynäkologische Fälle behandeln würde. Dementsprechend wurden dann auch durch die aufnehmende Krankenschwester die Patienten gesteuert. Übrigens kennt man in Finnland nicht den Beruf einer Arthelferin. Hier handelt es sich immer um Krankenschwestern, die nach dem Abitur eine dreijährige Fachholschulausbildung durchlaufen haben. Die Kollegen waren aber auch sehr dankbar, dass sie nun jemanden hatten, der sich um die über die gesamte Stadt verteilten Mütterzentren kümmerte. Diese waren deswegen dezentralisiert, damit die schwangeren Frauen und später die jungen Mütter nicht so weite Anfahrtswege hatten. Geleitet wurden diese Einrichtungen durch sehr erfahrene Hebammen, die meistens auch noch das Kinderschwesterexamen besaßen. Eine ihrer Aufgaben war die Betreuung der Schwangeren einschließlich der Blutabnahmen. Lief die Schwangerschaft normal, kümmerten sich nur die Hebammen allein darum. Hatten sie aber beispielsweise den Verdacht, dass der Foet zu klein war oder drohte eine sogenannte Schwangerschaftsvergiftung, wurden diese Frauen dem Arzt, in diesem Falle mir, vorgestellt. War eine Frau schwanger, was sich durch Mundpropaganda sehr schnell herumsprach, und kam sie nicht zu den obligaten Untersuchungen, ging die Hebamme unaufgefordert selbst ins Haus und holte die Frau zur Untersuchung ab. Ein besonders gutes System, weil so auch die sozial Schwachen, bei denen häufiger eine Risikogravidität vorliegt, erfasst wurden. Genauso stellten die Mütter dann ihre Sprösslinge nach der Geburt zum Wiegen und zur Impfung vor. Über die Geburt eines Kindes war die zuständige Hebamme sofort von der Klinik informiert worden.

Aus irgendeinem Grund sammelten sich aber auch im Gesundheitszentrum bei mir Patienten und Patientinnen mit dem Verdacht auf eine sexuell übertragbare Krankheit. Zwar war ich in meiner Funktion offiziell Amtsarzt, aber das waren die Kollegen ebenfalls. Vielleicht dachten diese aber auch, der Gynäkologe beschäftigt sich sowieso mehr mit dem Südpol des Menschen. In Finnland ist nicht nur die Syphilis, die auch manchmal je nach vermeintlicher Herkunft auch neapolitanische, italienische oder französische Krankheit genannt wird, sondern auch anders als in Deutschland die Gonorrhoe, im Volksmund Tripper genannt, eine meldepflichtige Krankheit. Dabei sind die Erkrankten offiziell verpflichtet, wenn der Nachweis erbracht ist, sämtliche Sexualpartner der letzten Zeit namentlich inklusive Anschrift anzugeben. Diese wiederum wurden dann von Amts wegen zur Untersuchung vorgeladen, was nicht immer konfliktarm war. Zum Glück musste bei der Vorladung nur selten die Polizei um Amtshilfe gebeten werden. Aber man wurde hier und da bei diesen erweiterten Nachuntersuchungen fündig und konnten so weitere Patienten oder Patientinnen heilen und eine Weiterverbreitung ausbremsen. Dies war ja auch der Sinn dieser Verordnung. Bei diesen Erhebungen kam auch ich manchmal ins Staunen, wenn ich die Erkrankung bis ins fünfte oder sechste „Glied", wortwörtlich und im übertragenen Sinne, verfolgen konnte. Während der Tripper gar nicht so selten war, schließlich war Kotka auch eine Hafenstadt, habe ich nur ein einziges Mal einen syphilitischen Primärherd entdeckt, der als infizierte Hämorrhoide imponierte. Eine weitere Aufgabe als Amtsarzt war die Überwachung der Hygienebestimmungen, besonders der Angestellten in der Lebensmittelbranche, der Restaurants und Hotellerie. Bei diesen Angestellten sah ich mir besonders die Fingernägel, die Hände und die Haut an. Ein Rachenabstrich und weitere Laboruntersuchungen wurden durchgeführt. Seit ich diese Kontrollen als junger Arzt gemacht habe, achte ich heute nach fünfzig Jahren immer noch besonders auf die Hände der Verkäuferin an Fleisch und- Käsetheken. Zum Glück waren die heutigen modellierten Fingernägel in „French Manicure" noch nicht in Mode. Als Amtsarzt konnte ich in der Lebensmittelbranche nur Personen mit kurzgeschnittenen, sauberen Fingernägeln zulassen. Die heute übliche Nutzung von Handschuhen halte ich persönlich für eine Farce, wenn man sieht, was manche Verkäuferin alles anfassen, sogar Münzen, im Glauben, sie seien mit den Handschuhen besonders sauber. Dann lieber keine Handschuhe und jedes Mal die Hände gründlich waschen.

Für eine kurze Zeit war ich auch zuständig für die Musterung zum Militär. Als ich den Einwand brachte, ich wäre noch nie Musterungsarzt gewesen und hätte keine Ahnung, gab man mir ein entsprechendes Buch zu lesen. In Finnland gibt es eine Tauglichkeitseinteilung nach dem Alphabet und dazu einer numerischen Zahl. A1 heißt also, man ist kerngesund, hat weder Zahn- noch Fußprobleme. Kurz gesagt, der junge Mann ist hundertprozentig fit und einsatzfähig für sämtliche Aufgaben der finnischen Armee. Diese Tauglichkeitsbescheinigung steht später sogar in den normalen zivilen Personalpapieren, ja selbst im alten Führerschein war dieser Buchstabe zu lesen. Genau darum legen die männlichen Finnen sehr viel Wert darauf, dass dort A1 steht. Auch ist der Finne fest im Glauben, komme, was kommen will, ein zwanzigjähriger junger Mann ist immer fit, sein Land im Notfall zu verteidigen. Da passen dann nicht solche Beurteilungen wie, der Kandidat hat erhebliche Senkfüße und benötigt Einlagen, oder er kann nach einem Unfall den rechten Arm nicht über die Horizontale heben oder er hat nur einen Hoden, obwohl das nun die Armee nicht interessieren dürfte. Setzte ich bei der Musterung die mir bekannten deutschen Maßstäbe an, war im normalen Querschnitt der Bevölkerung eben nicht jeder finnische Mann für alle militärischen Aufgaben uneingeschränkt tauglich. Da ich wiederum als Amtsarzt meine Aufgabe genau nahm, wurde ich schon nach sechs Wochen dieser Pflicht zu meiner unverhüllten Freude entbunden.

Eines Tages fragte man mich, ob ich die Aufgaben eines Hafenarztes übernehmen wolle. Ich zögerte zunächst, da mir nicht klar war, was damit verbunden war. Doch man bot mir eine Schulung an, was aber mehr nur einer kurzen Einführung ähnelte. Dann bekam ich die Bestallung und den Amtsstempel. Leider habe ich diese Unterlagen später bei meinem Umzug nach Deutschland verloren, da ich sie für nicht mehr notwendig hielt, obwohl ich auch in der Hafenstadt Cuxhaven, wo ich dann lebte, für die finnischen Seeleute bei Bedarf von Amts wegen hätte Hilfe leisten können, da die Bestallung nicht orts- oder landesgebunden war. Was gehörte nun zu meinen neuen Aufgaben als Hafenarzt der Stadt Kotka? Vor Ort war es die Begutachtung der Hygiene auf den vor Anker liegenden und in Kotka gemeldeten finnischen Schiffen. Das kam nicht häufig vor, da die Schiffe längst wieder auf hoher See waren, bevor mir die Schiffe gemeldet wurden. Typisch für den langen Behördenweg. Eine weitere Aufgabe war die Feststellung der Tauglichkeit, das heißt die Beurteilung des Gesundheitszustandes und besonders der Sehfähigkeit des Seefahrers. Diese musste in regelmäßigen Abständen durchgeführt und im Seefahrtsbuch dokumentiert werden. Hierzu benötigte ich dann meinen Amtsstempel, da nur zugelassene Ärzte diese Überprüfung durchführen durften. Dagegen waren die direkten Kontakte über Seefunk von den Schiffen auf hoher See weitaus verantwortungsvoller. Zum Glück war ich nicht der einzige Hafenarzt an Finnlands Küste. So hielten sich die oft spannenden Anrufe in Grenzen. Die Bestimmungen lauteten in den siebziger Jahren: Bei Schiffsbesatzungszahl unter zwanzig Personen musste kein Arzt mit an Bord sein. Ebenso war es nicht erforderlich, wenn das Schiff sich regelmäßig in Küstennähe bewegte. Erkrankte ein Besatzungsmitglied, war zunächst der Erste Offizier zuständig, der eine Sanitätsausbildung nachweisen musste. Am häufigsten aber waren kleinere Arbeitsunfälle oder Blessuren nach einer Schlägerei, meist im Suff. In der Bords-

Apotheke waren sämtliche wichtigen Medikamente zur ersten Hilfe nach einem auch mir bekannten System in verschiedenen Schränken und Schubladen geordnet, die peinlichst genau durchnummeriert waren. Das gleiche System galt für sämtliche Schiffe unter finnischer Flagge. Wusste also der Erste Offizier bei der Behandlung eines Patienten nicht, was er machen sollte oder welches Medikament er geben sollte, rief er über Seefunk meist den Hafenarzt seines Heimathafens an. Da nun kam ich ins Spiel, fragte nach den genauen Symptomen, versuchte mir daraus eine Diagnose zu machen und gab anschließend Anweisungen, welches Medikament aus welcher Schublade in welcher Dosierung gegeben werden sollte. Um Verwechslungen zu vermeiden, waren die genauen Nummerierungen der Schubladen notwendig. Dabei war bei oft schlechter Verständigung die Diagnosestellung nicht einfach. Um nicht ständig zittern zu müssen, bat ich den Offizier um eine spätere Rückmeldung über das Befinden des Erkrankten. Einmal bekam ich einen Anruf, bei dem der Sanitätsoffizier mir sagte, dass ein weibliches Besatzungsmitglied kreidebleich sei und starke mehr linksseitige Unterbauchschmerzen, aber kein Fieber habe. Auf Nachfrage erfuhr ich, dass die Regelblutung seit sechs Wochen ausgeblieben sei, jetzt aber eine kleine Schmierblutung aufgetreten sei. Er berichtete noch zusätzlich, dass der Blutdruck sehr niedrig sei. Ich bekam kalte Füße, als ich das hörte und fragte, wo denn das Schiff momentan sei. Mir wurden irgendwelche Koordinaten angegeben, womit ich als Landratte nichts anfangen konnte. Welches Land in der Nähe sei, fragte ich ergänzend, und wie viele Kilometer es seien. Die Insel Öland vor Schweden, kam die Antwort. Die

Angaben zur Entfernung konnte ich nicht verstehen, beziehungsweise hatte ich keine Vorstellung über die wahre Entfernung, da die Antwort in Seemeilen kam. Sofort einen Helikopter bestellen und in der Zwischenzeit über eine Infusion reichlich Flüssigkeit zukommen lassen, ordnete ich an. Den Ärzten auf Öland solle er sagen, es könnte sich um eine Bauchhöhlenschwangerschaft handeln, damit sie schon alles vorbereiteten. Leider habe ich später nie erfahren, ob meine Ferndiagnose richtig war. Einen Schwangerschaftsschnelltest gab es zu der Zeit noch nicht. Nur der Krötentest war bekannt. Wenn man bestimmte Kröten Urin einer Schwangeren injiziert oder sie auch nur in den Urin hineinsetzt, fangen die Kröten innerhalb von 24 Stunden an zu laichen. Die „Apothekerkröten", wie sie auch genannt wurden, hatte man verständlicherweise nicht an Bord. Heute haben die Frauen den immunlogischen Schwangerschaftstest in der Handtasche. Wie sich die Zeiten geändert haben.

Der Leichenzug

Es war eigentlich das erste Mal, dass meine Frau so richtig ärgerlich auf mich wurde. In meiner Funktion als Amtsarzt war meine offizielle Arbeitsstelle mitten im Zentrum der auf einer Halbinsel gelegenen Stadt Kotka. Vom Hinterland führte eine einzige breite Hauptstraße, an der auch die Zentralklinik lag, über eine Landenge in die Stadt. Während meiner Dienstzeit im Gesundheitszentrum wohnten wir weiterhin mit meiner Familie in unserer alten Wohnung auf dem Klinikgelände. Von unserem Fenster aus sahen und hörten wir den gesamten Verkehr in und aus der Stadt. Von dort bis zu meinem Arbeitsplatz waren es noch etwa vier bis fünf Kilometer. In unserem großen Mehrfamilienhaus gab es vierundzwanzig Wohnungen, die alle den gleichen Ausblick hatten, auf der einen Seite auf Wald und Felsen mit dem dahinter liegenden Meer und auf der anderen über die Zufahrtsstraße hinweg auf die Hauptstraße zur Stadt in achtzig Meter Entfernung.

Eines Nachts klingelte das Telefon, ich möchte doch bitte zum Gesundheitszentrum kommen. Man hätte einen Toten gefunden, dessen Todesursache nicht eindeutig sei. Den Verstorbenen brächte man nun vom Festland zum städtischen Gesundheitszentrum auf der Halbinsel und anschließend wieder zurück zu dem im Nachbarort gelegenen gerichtsmedizinischen Institut. Ich solle nur den Tod feststellen. Dieser Transport aber hätte bedeutet, man wäre bei mir auf der Hauptstraße zwei Mal direkt vorbeigefahren, einmal ins Gesundheitszentrum und wieder zurück zur Gerichtsmedizin. Da mir der zuständige Beamte bekannt war, bat ich ihn, in diesem Falle doch kurz mit dem Leichenwagen vorbeizukommen, er wüsste ja, wo ich wohne. So könnten wir uns beiden unnötige Fahrerei ersparen.

Meine Frau hatte dieses Telefongespräch mitbekommen und fragte mich entsetzt, ob das mein Ernst sei, einen Leichnam zu uns zu bestellen. Sie verlangte von mir, dass ich sofort wieder alles umdirigierte. Doch dazu war es zu spät. Mobiltelefone gab es noch nicht. Es dauerte nicht lange und von der Hauptstraße kommend bewegte sich ein ganzer Konvoi in Richtung Zufahrtsstraße unseres Mehrfamilienhauses. Vorweg ein Polizeiwagen mit Blaulicht, dann der dunkle Leichenwagen und zwei weitere Privatwagen mit Beamten oder Angehörigen besetzt. Am Ende wieder ein Polizeiwagen mit grellem Blaulicht, die beide in dunkler Nacht die Konturen der Felsen und Bäume aufblitzen ließen, dass es sich in den Fensterscheiben der Mietwohnungen richtig hell widerspiegelte. Auch wenn ein Signalhorn zum Glück nicht zu hören war, konnte dieser Zug nicht unbemerkt bleiben. Aus jedem zweiten Fenster unseres Miethauses sah man mitten in der Nacht Menschen neugierig herausgucken. Ich ging herunter und wurde freundlich begrüßt, während meine Frau oben am Fenster nur den Kopf schüttelte.

Doch damit ist die Geschichte noch nicht zu Ende. Ich bat den Fahrer des Leichenwagens, die Trage mit dem Leichnam halb herauszufahren. Im Zwielicht der Scheinwerfer griff ich mit meiner Hand zur Halsschlagader und bekam einen riesigen Schreck. Laut telefonischem Bericht sollte der Leichnam schon mehrere Stunden tot sein. Doch die angebliche Leiche war fast wärmer als meine eigene Hand. Ich tastete noch ein zweites Mal, noch heißer war es am Körper unter dem Hemd und der Herzregion. Jedoch keine Herzaktion, auch nicht im Dunkeln mit dem Stethoskop. Die Reaktion der Pupillen konnte ich bei der schlechten Beleuchtung nicht erkennen. Von dem herumstehenden Beamten und besonders von oben aus den Fenstern der Nachbarn wurde ich neugierig beäugt. Man hatte wohl bemerkt, wie aufgeregt ich plötzlich war. „Alles kehrt", lautete mein Kommando. „Wir fahren sofort in die benachbarte Klinik und sehen was hier los ist". Also drehte sich der ganze Konvoi und fuhr die hundertfünfzig Meter zurück auf die langgestreckte Rampe der Poliklinik. Hier war dann schon ausreichende Beleuchtung vor der Klinik, um den fraglichen Toten nochmals zu untersuchen. Er war tatsächlich tot und auch wohl schon mehrere Stunden. Aber niemand hatte mir gesagt, dass man den Toten neben der Bank seines sehr gut beheizten Kachelofens gefunden hatte. Bedröppelt schlürfte ich heim zu meiner Frau und versprach ihr hoch und heilig, nie wieder einen Leichnam zu uns nachhause zu bestellen. Natürlich hatten die nachbarlichen Zuschauer an den Fenstern am nächsten Tag sehr viel zu reden.

Unsere Kinder Johan und Christina

Nach all den medizinischen Geschichten ein wichtiges, persönliches, familiäres Ereignis in Kotka. Sirkka und mir war es klar, dass wir es nicht bei einem Kind belassen wollten. In Finnland hatten die Ehepaare statistisch gesehen 2,6 Kinder. Zum Erhalt der Bevölkerungszahl muss immer mindestens eine Zwei vor dem Komma stehen. Ich konnte schon 1974 in einer in Finnland gekauften deutschen Zeitung lesen, dass die Deutschen zwar nicht aussterben, aber doch zahlenmäßig sich um viele Millionen ohne Zuwanderung reduzieren würden. Das ist in Finnland überhaupt kein Thema, auch ohne Zuwanderung. Schon vor über vierzig Jahren bekam meine Frau mit der Geburt eines jeden Kindes ein paar Hunderter vom Staat oder einen großen Karton mit Neugeborenenkleidung und anderen notwendigen Sachen, die eine junge Mutter benötigt. Lustig aber war, als ich beim Auspacken des großen Kartons auch eine Packung mit Kondomen fand.

Johan entwickelte sich gut und war ein munterer, aufgeweckter Knabe. Seine sprachliche Entwicklung war vorbildlich. Sirkka sprach aber nur finnisch mit ihm. So sehr ich mich auch bemühte, ihm die deutsche Sprache beizubringen, blockierte er. Zeigte ich auf ein großes Bauwerk wie den Wasserturm unweit von unserer Wohnung und betonte mehrfach die deutschsprachige Bezeichnung, tönte lachend aus seinem Mund auf Finnisch *vesitorni* (Wasserturm). Ich musste klein beigeben. Dafür lernte aber immerhin im Alter von nur zwei Jahren sowohl in Finnisch als auch in Deutsch bis zehn zu zählen, was er dann auch zur Verblüffung von Finnen oft laut tat. Soweit ich beruflich Zeit hatte, spielte ich mit ihm. Ich hatte einen Satz in Estland gefertigter Holzbauklötze gekauft, auf denen in großen Lettern die Buchstaben zu lesen waren. Türme bauen, so hoch bis alles umfällt, war ein großer Spaß für uns beide. Irgendwann zeigte ich ihm einen Bauklotz und las ihm den Buchstaben laut vor. Nach einer Weile zeigte ich im Spiel den gleichen Klotz und fragte ihn, was dort zu lesen sei. Zu meiner absoluten Überraschung kam sofort und ohne Zögern die richtige Antwort. Als ich das merkte, hieß es für uns beide, weiterhin Türme bauen und fallen lassen und gleichzeitig Buchstaben lesen lernen, was ihm sehr viel Spaß machte. Johan las dann später, wenn er in der Klinikhalle auf mich mit seiner Mutter wartete, mit lauter Stimme die Buchstaben auf der großen Anzeigetafel, ohne aber den Zusammenhang zu kennen. Dabei beließen wir es auch, damit es ihm später im Schulunterricht nicht zu langweilig würde.

Aber auch Johan hatte bemerkt, dass der Bauch seiner Mutter nach und nach an Umfang zunahm. Kinder fragen immer. So verschwiegen wir ihm nicht, dass er in absehbarer Zeit einen Bruder oder eine Schwester bekommen würde. Wir wussten ja beide noch nicht das Geschlecht. Sirkka besuchte wie alle Frauen während der Schwangerschaft nur eine Hebamme und wie üblich keinen Arzt. Alles lief gut und es kam die Zeit der Entbindung. Damals begann man, auf Wunsch die Geburt zu einem bestimmten Termin einzuleiten. Also meldete sich Sirkka morgens im Kreißsaal während ich mir frei genommen hatte, um auf Johan aufzupassen. Doch bis zum Mittag tat sich einfach nichts und mein alter Chef ordnete an, Sirkka wieder zu entlassen. Doch kurz danach kam Bewegung. Die zuständige Hebamme rief mich an, ich solle sofort kommen, das Kind käme. Doch so schnell konnte ich Johan nicht abgeben. Schließlich übernahm ihn auf mein stürmisches Klingeln hin eine Nachbarsfrau. Doch so schnell ich auch lief, als ich den Kreißsaal betrat, hörte ich schon das Geschrei eines neugeborenen Kindes. Sirkka lag erschöpft und strahlend im Bett und die Hebamme hielt mir stolz ein Mädchen entgegen. Es war der achtzehnte November 1974. Sirkka blieb diesmal nur ein paar Tage stationär, während ich mich um Johan kümmerte. Doch wie sollte nun das Mädchen heißen? Trotz aller Überlegungen waren wir nicht sehr einfallsreich. Wir nahmen die Namen von Johan, mischten sie in eine andere Reihenfolge und feminisierten sie ein wenig. Aus Johan, Carl, Christian wurde nun ganz einfach Christina, Johanna, Charlotte. Als sie schon ein fast erwachsenes Mädchen war, gestand sie ihren Eltern, dass sie lieber einen echten finnischen und auch in finnischer Weise geschriebenen Namen gehabt hätte, beispielsweise Kristina statt mit CH geschrieben.

Aus einem Deutschen wird ein Finne

In Kotka lebend fühlte ich mich pudelwohl. Ich hatte eine kleine Familie und liebte meinen Beruf, in dem ich sowohl von meinen Kollegen als auch von den Schwestern und Patientinnen ausreichend Anerkennung erfuhr. Sprachschwierigkeiten gab es nicht mehr. Ich verstand und sprach fließend finnisch. Nur meine Orthografie war schlecht. Das belastete mich aber nicht, da ich hierfür beruflich eine Schreibkraft nutzte, die meine Diktierfehler korrigierte und privat mir Sirkka half und sie die Geburtstagsgrüße schrieb. Ich liebte das Land, achtete dessen Geschichte und kam mit den Menschen sehr gut aus. Ja, im Laufe der Zeit passt man sich dem allgemeinen Outfit unbewusst mehr und mehr an, ob man will oder nicht. Es war nicht nur die in Finnland gekaufte Kleidung, es war auch der Haarschnitt oder die Art, sich die Haare zu kämmen. Ähnliche Wandlungen konnte ich bei meiner Schwester Barbara beobachten, die, nachdem sie viele Jahrzehnte in der englisch sprachigen Welt gelebt hatte, heute bei ihren Deutschlandbesuchen wie eine Amerikanerin imponiert. Das soll angeblich teils so weit gehen, dass Europäer, wenn sie lebenslang in China gelebt haben, fast wie Asiaten aussehen, ja sich auch das Hautcolorit ändert. Als Ausländer war es bis dahin jeder Zeit möglich, des Landes verwiesen zu werden. Zwar hatte ich nun durch die Ehe mit einer Finnin mehr Sicherheit, aber dennoch musste ich in regelmäßigen Abständen meine Aufenthalts- und Arbeitserlaubnis erneuern. Auf die deutsche Vergangenheit des zwanzigsten Jahrhunderts musste ich nicht stolz sein. Innerlich war ich mehr ein Kosmopolit als ein Deutscher. Ich erkundigte mich bei der deutschen Botschaft, die mir sagte, dass unter bestimmten Umständen die doppelte Staatsangehörigkeit möglich sei. Also beantragte ich die finnische Staatsbürgerschaft. Da ich auch mit einer Finnin verheiratet war, war die Erlangung dieser leichter. Eines Tages meldeten sich bei uns in Kotka zwei dunkel gekleidete Männer und wollten mit mir sprechen. Ihr Verhalten war so offensichtlich, dass man schon blind gewesen sein müsste, wenn man nicht gemerkt hätte, dass sie von der Geheimpolizei kamen. Sie stellten mir allerlei Fragen, besonders politische, und wollten mit einem fadenscheinigen Grund das Bad und die Toilette sehen. Vielleicht dachten sie, auch ein Arzt kann asozial sein. Nachdem mir ihre Fragen allzu bunt wurden, komplimentierte ich sie hinaus. Dennoch bekam ich zwei Monate später die von Urho Kekkonen persönlich unterschriebene finnische Staatsbürgerurkunde. So viele Anträge schien Finnland wohl nicht pro Jahr zu haben. Durch diese Handlung war Johan, da es immer nach dem Vater geht, Deutscher bei seiner Geburt. Da ich aber nun offiziell Finne wurde, wurde auch Johan finnischer Staatsbürger. Das finnische Recht kennt innerhalb einer Familie nur eine Staatsangehörigkeit an, so die Begründung. Christina, die später zur Welt kam, war von Geburt an Finnin, da ich kurz zuvor die Urkunde bekommen hatte. Sie könnte also Ministerpräsidentin werden oder ein anderes hohes Amt bekleiden.

Zurück in der Uni-Frauenklinik, *Naistenklinikka*

Die Voraussetzungen, die Facharztausbildung nun an einer Uniklinik abzuschließen, wie das in Finnland verlangt wird, hatte ich nun erfüllt. Was lag näher, als sich wieder in Helsinki an der Universitätsfrauenklinik, diesmal als angehender Gynäkologe, zu bewerben. Da war ich sehr schnell erfolgreich. Schließlich war ich dort ja bekannt und umgekehrt kannte ich die meisten Kollegen, obwohl dort immer eine gewisse Fluktuation war. Professor Vara war zwar inzwischen in Pension, aber seinen Nachfolger Prof. Olof Widholm kannte ich noch gut aus früheren Zeiten. Die größte Schwierigkeit war das Finden einer passenden, nicht zu teuren Wohnung für meine kleine Familie. Die Zeiten des Junggesellendaseins waren längst vorbei. Schließlich fand ich eine kleine, nette Wohnung in einem mehrgeschossigen, neu gebauten Wohnblock in Vantaa, einem großen Vorort im Norden von Helsinki. Mit dem Auto oder mit dem Bus zur Arbeit zu fahren dauerte etwa eine dreiviertel Stunde. Die Wohnung selbst war relativ klein ebenso wie die Zimmer, die sehr eng waren. Mehr aber war für uns nicht bezahlbar, da zu der Zeit die Geldabwertung klammheimlich schon begonnen hatte. Sirkka konnte auch nicht als Krankenschwester mitarbeiten, da Christina noch zu klein war und Johan den im gleichen Haus parterre liegenden Kindergarten nicht besuchen durfte, da ich damals als Arzt nicht in das soziale Schema hineinpasste. Schwer, das einem kleinen Jungen klar zu machen, der liebend gern sich zu den spielenden Kindern gesellt hätte. Und Kindermädchen verlangten so viel Salär, dass es für uns ein Nullsummenspiel gewesen wäre, wenn Sirkka wieder gearbeitet hätte.

Viel hatte sich in den Jahren meiner Abwesenheit, man könnte auch Wanderschaftsjahre sagen, an der Universitätsfrauenklinik nicht verändert. Allerdings waren auf dem Platz direkt neben der Klinik, wo früher zwei Tennisplätze waren, ein großer Operationstrakt und ein riesiger Kreißsaal übereinander in zwei Stockwerken nach allermodernsten Gesichtspunkten entstanden. Die Stationen, die Poliklinik, die Bibliothek und sonstigen Räume waren unverändert. Beim *Lounas* (Lunch) in der Bibliothek, wo sich alle wie früher gegen 11 Uhr morgens trafen, wurde ich mit einem kräftigen Hallo, *terve,* freundschaftlich begrüßt. In den nächsten Tagen wurde dann mit mir mein Ausbildungsplan besprochen. Wo hatte ich noch Lücken, was hatte ich noch nicht so häufig operiert, was war zu ergänzen? Als Tutor wurde mir der Oberarzt Olavi Karjalainen zugeordnet. Wir kannten uns aus früheren Zeiten, obwohl wir damals nicht so häufig miteinander zu tun gehabt hatten. Olavi war ein schmächtiger, freundlicher Mann und ein sehr ruhiger und besonnener Finne, der nicht viel Aufheben um seine Person machte. Dennoch hatten sein Urteil und seine Meinung bei den regelmäßigen gemeinsamen klinischen Beratungen Gewicht. Seppo Saarikoski, der später der Chef der Gynäkologie der neuen Universitätsklinik Kuopio wurde, kannte ich noch aus der Zeit unserer gemeinsamen Dienste, er als Gynäkologe und ich als Anästhesist. Sofort erinnerte er daran, dass ich damals während des Bereitschaftsdienstes für das Kulinarische zuständig war, da ich dafür als Anästhesist die meiste Zeit hatte und nicht ständig angefordert wurde.

Im dritten Stock der Frauenklinik in einem Seitenflügel befanden sich die Zimmer für die diensthabenden Ärzte. Der gesamte Trakt war immer abgeschlossen und konnte nur mit einem Schlüssel betreten werden. Nur eine einzige vertrauenswürdige Putzfrau hatte Zugang und räumte die Zimmer auf, besonders den Gemeinschaftsraum, den man Dritten oft nicht zeigen konnte, da dort auch mehrfach fröhliche Feiern abliefen. Und diese waren oft auch sehr deftig. Auch war anfangs dort ein tschechisches Ärzteehepaar untergebracht. Wie gesagt, Seppo erinnerte sich sofort an eines meiner Gerichte, die ich auf einer einfachen Kochplatte zauberte. So brutzelte ich öfters Bohnen und Hackfleisch, alles gut gewürzt, in einer Pfanne. Ein einfaches Gericht, was die Finnen aber nicht kannten. Die Räumlichkeiten hatten sich in Jahren meiner Abwesenheit nicht verändert.

Das tschechische Ehepaar hatte inzwischen eine eigene Wohnung. Sie waren nur ein Jahr vor mir, 1968, genauso wie ich in die Frauenklinik zur zeitlich begrenzten Ausbildung gekommen. Doch dann passierte während ihrer Abwesenheit, dass der sogenannte „Prager Frühling", eine Reformbewegung unter der Führung von Alexander Dubcek, von den Truppen des Warschauer Pakts, wozu auch die DDR gehörte, brutal niedergeschlagen wurde. Der Kollege war Reserveoffizier der tschechischen Armee und wurde zurückbeordert. In diesem Falle hätte er auf seine eigenen Mitbürger gegebenenfalls schießen müssen. Er beschloss, vorerst nicht zurückzukehren. Die Antwort kam prompt: Er wurde wegen Fahnenflucht in Abwesenheit zum Tode verurteilt. Also blieben sie, lernten die finnische

Sprache und erwarben später die finnische Staatsangehörigkeit. Beide hatten als Tschechen in der Schule sehr gut die deutsche Sprache erlernt, besonders sie, deren Vater Lehrer in Prag war. Sie waren 1969 die Ersten, die mir allein schon durch die bessere sprachliche Verständigung anfangs bei vielen Dingen sehr geholfen hatten und mir in dieser zunächst fremden Umgebung vieles erklären konnten. Als ich dann nach meiner Exkursion nach Porvoo, Lappeenranta und Kotka wieder zurück zur Frauenklinik kam, war auch ihrerseits die Freude groß, mich wiederzusehen.

Zu meinem Ausbildungsplan gehörten auch die speziellen Abteilungen, die es nicht unbedingt in den Zentralkrankenhäusern gab. Da war die Abteilung für Endokrinologie. Hier lernte ich für ein paar Monate die Zusammenhänge besonders der weiblichen, aber auch anderer Hormone, von deren guten Kenntnis ich später in meinem Berufsleben immer wieder profitieren sollte. Endokrinologie ist bei deutschen Gynäkologen ein seltenes Lehrfach in der Facharztausbildung, wenn diese nicht gerade an einer Uniklinik erfolgt. Wenn man, was in Deutschland möglich ist, nur in zwei Kreiskrankenhäusern seine Facharztausbildung absolviert, sind eben Defizite vorprogrammiert. Dabei sind die Kenntnisse über das Zusammenspiel der Hormone hoch interessant. Vieles kann man da auch aus der Zoologie lernen.

Während ich ein paar Jahre zuvor auf der Strahlenabteilung Narkose bei den Radium-Einlagen gegeben hatte, durfte ich nun unter den wachsamen Augen meines Tutors Nieminen hinter dem Schutz einer dicken Bleiwand und mit schweren mit Blei gefüllten Handschuhen selbst

Radium applizieren. Auf dieser Abteilung aber erlebte ich auch zum ersten Mal in meinem Leben, wie eine junge, etwa fünfundzwanzigjährige Frau für immer die Augen schloss. Grund war die krebsartige Entartung der Gebärmutterschleimhaut. Heute kann man die Erkrankung heilen. Ich war damals persönlich sehr betroffen. Da wurde mir zum ersten Mal aber bewusst, dass ich zukünftig allein aus dem Selbsterhaltungstrieb in meinem Beruf stets wenigstens etwas Distanz halten muss. Selbstverständlich hatte ich schon vorher mehrfach Menschen sterben sehen, ja Tote auch selbst schon umgebettet. Aber diesmal war es wohl die ärztliche Hilflosigkeit und das junge Alter dieser Frau, die mir „an die Nieren gingen".

In der riesigen gynäkologischen und geburtshilflichen Poliklinik mit bis zu hunderttausend Patientinnen pro Jahr arbeitete ich viele Monate , immer differenziert auf die unterschiedlichsten Schwerpunkte wie Kinderlosigkeit, Fehlgeburten, Unterbauchschmerzen, Blutungen in der Menopause und Krebsnachsorge. Hier wurden die Frauen zehn Jahre lang nach der erfolgreichen Behandlung nachkontrolliert und betreut. Die Patientinnen hatten oft eine weite Anreise über viele hundert Kilometer aus dem gesamten südlichen Teil Finnlands. Der nördliche Teil wurde durch die Universitätsklinik in Oulu betreut. Als treue, dankbare Patientinnen brachten die Frauen oft ein kleines Geschenk wie selbstgebackene Piroggen oder ähnliches mit. Sie hatten die Möglichkeit, im Patientenhotel auf dem Klinikgelände zu übernachten. Alle schwierigen Fälle mussten gegen Ende der Sprechstunde den zuständigen Oberärzten vorgestellt werden. Da an einer Universitätsklinik stets geforscht wird, wurden auch sämtliche Patientinnen auf eine genitale Herpesinfektion untersucht. So erkannten erstmalig Esko Purola und Eeva Savia in Helsinki schon Mitte der siebziger Jahre den Zusammenhang zwischen dem HPV Virus und der krebsartigen Veränderung am Muttermund. Auch der befreundete Kollege Ervo Vesterinen befasste sich mit den Herpes-Viren. Erst dreißig Jahre später begann man, junge Mädchen nach der Pubertät gegen diese Viruserkrankung und seine Folgen zu impfen.

In der geburtshilflichen Poliklinik ging es meist um drohende Frühgeburten, Verdacht auf fötale Missbildungen und Blutgruppenunverträglichkeiten. Ultraschalluntersuchungen wurden Mitte der siebziger Jahre nur an wenigen Zentren in Finnland durchgeführt. Diese Diagnostik steckte damals noch tief in den Kinderschuhen. Dabei lag Finnland noch gut da. In den gynäkologischen Abteilungen der Uni-und Zentralkliniken zusammen gab es geschätzt in ganz Finnland über das ganze Land verteilt mit seinen rund fünf Millionen Einwohnern etwa zwölf Ultraschallgeräte zur Untersuchung der Föten. Auf dem Weltkongress der Gynäkologen in Kopenhagen Anfang der achtziger Jahre beklagte sich ein Professor aus Kalkutta, dass es in seiner riesigen Millionenstadt nur drei Sonografie- Geräte gäbe. Aber die Punktionen zur Untersuchung des Fruchtwassers bei Missbildungsverdacht wurden in der Frauenklinik sehr häufig gemacht. Auch war mir der Eiweißmarker des Alphafetoproteins AFP schon viele Jahre früher bekannt als in Deutschland. Aber die Registrierung der kindlichen Herztöne, CTG, machte man Mitte der siebziger

Jahre nur im Kreißsaal bei Risikogeburten. Bei der Schwangerschaftsvorsorge war dies noch nicht üblich. Das gute alte und störungsfreie Holzstethoskop zum Hören der kindlichen Herztöne kam immer noch zum Einsatz. Bei unseren regelmäßigen geburtshilflichen Besprechungen gab es hin und wieder auch etwas zum Lachen. Das war an den Tagen, wenn es um die Blutgruppenunverträglichkleiten ging. Wir bekamen nämlich bei bekannter Unverträglichkeit im Rhesus-System die Untersuchungsergebnisse aus dem ganzen Süden Finnlands zur Bewertung. Es ging dann darum, welche Maßnahmen man ergreifen und wo die Schwangere in welcher Klinik entbinden sollte. So war uns durch die vorausgegangenen Schwangerschaften die Blutgruppenkonstellation beider Elternteile bekannt. Denn in den meisten Fällen wird es erst für das Kind kompliziert, wenn die Mutter bereits bei einer früheren Schwangerschaft Antikörper gebildet hat. Doch manchmal waren eben die Konstellationen so, dass bei der Folgeschwangerschaft der eingetragene Vater überhaupt nicht der Erzeuger sein konnte. Dumm gelaufen. Aber ist ja bekannt: Bei fünfzehn Prozent der Kinder ist der eingetragene Vater nicht der Erzeuger. So ist eben das Leben.

Schon Ende der sechziger Jahre gab es in Finnland für einen Schwangerschaftsabbruch die Fristenlösung. Erst 1974 schaffte man in Deutschland den § 215 im Strafgesetzbuch ab. Nachdem vorab eine ausführliche Beratung zusammen mit einer Untersuchung stattgefunden hatte, wurden die Patientinnen in den Folgetagen zum Eingriff auf die zuständige Station einbestellt. Dieser Eingriff erfolgte grundsätzlich nur in Kliniken. Dort arbeiteten dann zwei oder drei Ärzte, die sich in den Aufgaben abwechselten. Der eine erledigte den Papierkrieg, die Beratung und besprach die späteren Verhütungsmaßnahmen, der andere gab die Kurznarkose und der dritte führte dann den Eingriff durch, was nicht sehr angenehm war, insbesondere durch die immense Häufung. Denn an manchen Tagen konnten es schon einmal zwischen zehn bis zwanzig dieser kleinen Operationen sein. Auf die Dauer belastete es den Arzt, aber auch die beteiligten Schwestern sehr, auch wegen der sozialen Hintergründe, die wir hörten. Aber es gab auch etwas Positives, man lernte beim medikamentösen Abgang der Frucht auch das Punktieren der Fruchtblase zu einem sehr frühen Schwangerschaftszeitpunkt, was nicht sehr einfach, aber bei anderen diagnostischen Maßnahmen sehr wichtig war. Denn die Ultraschallgeräte boten zu der Zeit noch keinerlei Hilfe. Da wir unter diesen Umständen nicht schaden konnten, bekamen wir so die Gelegenheit, diesen Eingriff zu lernen, da er bei der pränatalen Missbildungsdiagnostik sehr wichtig war. Anders als in Deutschland konnte ein Arzt den Eingriff einer Schwangerschaftsunterbrechung in Finnland nicht aus Gewissengründen ablehnen, wenn man sich auf dem Gebiet der Gynäkologie spezialisiert, da auch dieser Eingriff ein Bestandteil des Berufsbildes eines Frauenarztes ist. Da es bekannt ist, könnte man ja auch beispielsweise Internist werden.

Für manche spezielle Operationstechniken wurde mir ein erfahrener Oberarzt zur Seite gestellt, der mir alle Möglichkeiten und operativen Tricks in aller Ruhe beibrachten. Ab und zu fragte ich auch meinen Chef Olof Widholm, ob ich ihm assistieren dürfte, was er gern annahm. Was für ein Unterschied zu Deutschland. Nicht mein Chef kommandierte mich zum Assistieren ab, sondern ich fragte ihn. Denn auch er hatte lediglich aus medizinischen Gründen Anspruch auf Assistenz, wie bei einer Operation nach Wertheim, die schwierig und zeitaufwendig ist. Ansonsten aber wurde ihm wie bei allen Operateuren nur durch die Instrumentierschwester geholfen. Auch bei vaginalen Operationen assistierte kein Arzt, sondern eine OP-Schwester, während die zweite instrumentierte. Anders als heute, musste man damals immer den Bauch öffnen, wenn alle anderen diagnostischen Maßnahmen ausgeschöpft waren, da es die Bauchspiegelung noch nicht gab. Auch in Deutschland fing sie erst in den achtziger Jahren sich langsam zu verbreiten. Die Bauchspiegelung (Laparoskopie) sollte ich erst später in Cuxhaven erlernen ebenso wie die Brustoperationen, die in Finnland damals nur die Chirurgen in bestimmten Zentren durchführten. Zwei zunächst nur diagnostischen Baucheröffnungen in Helsinki vergesse ich nie.

Nachdem ich bei einer Frau im mittleren Alter den Bauch eröffnet hatte, wieder nur zusammen mit einer Krankenschwester, inspizierte ich den gesamten Bauchraum, zuerst als Gynäkologe den unteren und dann aber auch den oberen Teil. Gleichzeitig wurden auch sämtliche inneren Organe ertastet. Doch ich fand zunächst nichts Pathologisches. Aber beim zweiten, genaueren Hinsehen sah ich bei dem zunächst gesund glänzenden Eileiter mehrere kleinere, zusammenhängende Bläschen, mehr aber auch nicht. Zunächst dachte ich an eine Tuberkulose. Aus Sicherheitsgründen entschloss ich mich, den Eileiter ganz, in toto sagt man in der Medizin, zu entfernen und unserem

Pathologen zu schicken, dessen Domizil im Kellergeschoss war. Der Kinderwunsch der Frau war schon erfüllt. Während die Operationsmannschaft und die Patientin, der die Zeit aber nicht in der nur oberflächlichen Narkose nicht zu lang werden konnte, warteten, kam nach einer geraumer Weile zwar nicht die Antwort, aber unser eigener Pathologe Eero höchst persönlich, eingehüllt in grüne OP-Kleidung, in den Operationsraum und bat, doch selbst einmal in den Bauch schauen zu dürfen. Neugierig ließ er sich die Innereien, besser gesagt verschiedene Organe zeigen, um mir dann laut und kräftig zu gratulieren. Ich hätte bei meiner Operation einen primären Krebs eines Eileiters gefunden. Das heißt zu hochdeutsch, eine Entartung des Gewebes, die vom Eileiter und nur da ihren Anfang genommen hatte. Ein äußerst seltenes Ereignis. Dies war insofern besonders, weil dieses normalerweise quasi nie entdeckt wird, beziehungsweise erst so spät, dass die Prognose bezüglich der Lebenserwartung sehr schlecht ist. So aber war die Patientin im Zusammenhang mit einer richtigen Behandlung und weiteren Betreuung für ihr Leben und Leiden nicht mehr gefährdet als jede andere Frau.

Doch die zweite Geschichte ist amüsanter. Diesmal war es eine Patientin, bei der wegen unklarer Bauchbeschwerden der Bauch über einen sogenannten Unterbauchmittelschnitt operativ mehrfach geöffnet worden war. Da ich mit Sicherheit mit reichlichen Verwachsungen und vielen Verklebungen des Darmes mit der inneren Bauchhaut rechnen musste, fing ich sehr vorsichtig an, die einzelnen Schichten frei zu präparieren. Doch plötzlich merkte ich, dass ich trotz aller Vorsicht ein Loch in dem schon sehr verwachsenen und verklebten Darm unbeabsichtigt geschnitten hatte. Bei der weiteren Inspektion zur Feststellung, wie der Darm am besten zu schließen sei, sah ich mir auch die Innenseite des Darmes an. Bei dem vorsichtigen Versuch, ein glänzendes Stück Gewebe mit der Pinzette im Darm selbst zu fassen, wurde dieses immer größer und länger, ja es fing an, sich eindeutig selbst zu bewegen. Ich zog und zog an dem nicht ganz kleinfingerdicken, platten Strang, der kein Ende nehmen wollte. Schließlich wurde dieses wurmartige, glitschige Gewebe etwa fünfzig bis siebzig Zentimeter lang. Die instrumentierende Schwester und der Anästhesist, die nicht minder erstaunt als ich selbst bei meinem Manöver zusahen, wunderten sich nur. Doch was war das, das mir dort im Darm begegnet war? Wenn man nicht gerade Medizinmann oder Zoologe ist, hat man den Namen Diphyllobothrium latum wohl noch nie gehört. Latum weist auf die Größe hin. Zu Deutsch heißt dieses Lebewesen schlicht und einfach Fischbandwurm, der überall dort anzutreffen ist, wo Fisch roh gegessen wird, wie beispielsweise in den skandinavischen Ländern und in dem früheren Ostpreußen. Als Zwischenwirt der Larven dient oft auch der Hecht. Ich war nur froh, dass der Bandwurm nur gut ein halben Meter lang war, denn laut Literatur kann er bis zu zwanzig Meter (!) lang werden und bis zu zwei Zentimeter breit. Nun, da war es kein Wunder, dass die Patientin ständig Bauchschmerzen gehabt hatte. Die Richtigkeit der Diagnose ließ ich mir selbstverständlich durch den Pathologen bestätigen, der bei diesem ungewöhnlichen Untersuchungsmaterial schon staunte. In meinem späteren Berufsleben kam aufgrund dieser Erfahrung bei Patienten mit einer langen Leidensgeschichte und unklaren Bauchschmerzen mir immer wieder diese Geschichte in den Sinn, besonders dann, wenn es im Blutbild Hinweise dafür gab. Meine Operation sprach sich in der Klinik sehr schnell herum. Ob das die neue Art der Bandwurmes-Diagnostik sei, witzelten die Kollegen. Zugegeben, die Art der Diagnostik und der Therapie war schon höchst ungewöhnlich. Dabei gibt es neben der Stuhluntersuchung einen Hinweis auf einen Wurmbefall auch im einfachen Blutbild mit einer bestimmen Färbung der Blutzellen. Und in der Human- und Veterinärmedizin gibt es gute wirksame Wurmmittel im Handel. Da ich mir nicht sicher war, ob ich den ganzen Wurm entfernt hatte, bekam auch diese Frau nach der Operation sicherheitshalber noch eine Wurmkur.

Obwohl ich in den beiden Zentralkrankenhäusern schon sehr viele Kinder zur Welt gebracht hatte, so bekam ich in Helsinki noch einmal den letzten Schliff. Wohl nirgends in Europa konnte und kann man in puncto Geburtshilfe in kürzester Zeit so viel lernen wie in den Kreissälen der Frauenklinik in Helsinki, wo pro Jahr etwa achttausend Kinder zur Welt kommen. Davon sind ein sehr großer Anteil Risikoentbindungen, was an einer Universitätsklinik nicht anders zu erwarten ist. Dennoch ist die Kaiserschnitt-Frequenz von 18,1 Prozent (2014) sehr niedrig. Im ganzen Land betrug sie im gleichen Jahr nur 16,1 Prozent, wie ich jetzt lesen konnte. Zum Glück betreuen die normalen Geburten auch in der Uniklinik nur die Hebammen allein, die nur bei Bedarf den diensthabenden Arzt hinzuziehen. Da wir im Kreißsaal nur zu zweit Dienst hatten, waren wir mit den Risikoentbindungen ausreichend beschäftigt. Sollte es eng werden, half uns der diensthabende Oberarzt. Als ich später die deutsche Facharztanerkennung beantragte, hielt man besonders bezüglich der Geburtshilfe die angegeben Zahlen für nicht glaubwürdig. Ich konnte dem Gremium aber erklären, dass ich allein an einem Dienst von vierundzwanzig Stunden manchmal zwei Kaiserschnitte, zwei Saugglockenentbindungen und eine Mehrlingsgeburt geleitet bzw. betreut hatte. Dabei hatte ich schon am Tage einen geplanten Kaiserschnitt durchgeführt. In Deutschland benötigte man zur Facharztanerkennung dreißig „Sectio caesarea". Als ich in Finnland etwa dreihundert nachweisen konnte, hörte ich auf zu zählen. Jeder Morgen begann unter der Leitung des zuständigen Oberarztes Kari Teramo mit einer Visite im Kreißsaal und einer anschließend gründlichen, oft stundenlangen Besprechung sämtlicher Fälle der letzten Nacht und derer, die noch entbinden wollten. Außerdem musste man an jedem Freitag im Hörsaal unter der Beteiligung aller genau begründen, warum man wie gehandelt hatte. So hatte ich einmal bei einer Zwillingsschwangerschaft das erste Kind durch die Scheide entbunden und dann beim zweiten Kind einen Kaiserschnitt durchgeführt. Auf den ersten Blick ein nicht ganz gewöhnlicher Weg der Entbindung. Ich konnte aber erklären, dass ich im anderen Falle den zweiten Zwilling durch den inzwischen vorliegenden Mutterkuchen hätte hindurchziehen müssen, was unweigerlich zu einem Schaden des Kindes geführt hätte. Da aber alle drei, Mutter und beide Zwillinge absolut wohlauf waren, war nach heftiger Diskussion über das Für und Wider oder Wenn und Aber der einzige Kommentar des Professor Timmonen: Na, ich hoffe, dass das nicht Mode wird.

Aber nicht alles war auch in dem modernen, neuen Kreißsaal immer schön. So erinnere ich mich, dass ich schon in der Sprechstunde für Geburtshilfe einen stark missgebildeten Foet im frühen Entwicklungsstadium feststellte. Ich zog den Oberarzt hinzu und nach nochmaliger Kontrolle kamen wir zu dem Schluss, dass das Kind nicht lebensfähig sein würde. Wir boten der Frau eine Schwangerschaftsunterbrechung an, was in so einem Fall gesetzlich erlaubt war. Die Frau jedoch lehnte es grundsätzlich ab. Wie es der Zufall so wollte, war ich im Kreißsaal, als die Frau mit vorzeitigen Wehen wenige Monate später nachts eingeliefert wurde. Die Entbindung war nicht mehr aufzuhalten, weil der Körper in derartigen Fällen die Frucht abstoßen will. Das hat die Natur so eingerichtet. Das extrem stark missgebildete Kind, man müsste besser von einer Frucht sprechen, starb unter der Geburt. Doch kaum war der Ehemann informiert, machte dieser ein riesiges Theater und wollte mich wegen Unterlassung und anderer Schuldzuweisungen sofort verklagen. In meiner Not rief ich noch nachts meinen Oberarzt an und bat ihn um Rat. „Gut", sagte er, „wenn der nicht still ist, dann zeigt ihm die Frucht", die noch im Kreißsaal war. Ich rief den tobenden Ehemann herein, kleidete ihn entsprechend um und ging mit ihm in den kleinen Raum, hob das Tuch und zeigte „es" ihm. Als er sah, dass die Frucht wie ein Monster aussah, wurde er endlich still. Ich hätte ihm als Laien diesen Anblick erspart, aber manchmal muss man einfach hart sein.

Neben dem praktischen Teil meiner Ausbildung gab es natürlich auch die Theorie. Fast jeden Tag fand ein meist einstündiges Treffen der Ärzte statt, bei denen bestimmte Themen erarbeitet wurden. Hier wurden die weiteren Behandlungspläne der Patientinnen abgestimmt, wurden kurze Vorträge gehalten, schwierige Entbindungen der letzten Nacht vorgestellt und besprochen. Dies fand meist in der gut bestückten Bibliothek statt. Freitags traf man sich regelmäßig mittags im Hörsaal, hier kamen dann alle zusammen, auch die Schwestern, Kinderschwestern und Hebammen. Highlights aber waren die Freitage, an den die Kollegen nach jahrelanger Arbeit promovierten und in diesem Zusammenhang nicht nur die Ergebnisse ihrer Arbeit öffentlich darstellten, sondern auch im Beisein des Doktorvaters sich den kritischen Fragen der anderen Professoren stellen mussten.

Schließlich war die Zeit gekommen, auch selbst die Facharztprüfung abzulegen, die es im Gegensatz zu Deutschland in Finnland seit über sechzig Jahren gibt. Es sollte zumindest in der Vorbereitung und vom Umfang die härteste und schwerste Prüfung inhaltlich sein, die ich jemals in meinem Leben geleistet habe. Und zwar deshalb, weil die Kenntnis der einschlägigen Fachliteratur schon als selbstverständlich vorausgesetzt wurde. Vielmehr wurde verlangt, dass man in seinem Gebiet über alle weltweiten wissenschaftlichen Ergebnisse, Methoden und allgemeinen Erkenntnisse der letzten Jahre informiert war. Das setzte voraus, dass man sich nicht nur praktisch, sondern auch während der gesamten Ausbildungszeit theoretisch gut fortgebildet hatte. Zur Vorbereitung auf diese Prüfung ließ ich mich fast acht Wochen lang freistellen, um sämtliche wissenschaftlichen Zeitung auf meinem Gebiet in englischer, schwedischer und deutscher Sprache zu lesen, besser gesagt durchzuackern. In finnischer Sprache wurde wenig veröffentlicht. Dazu muss ich sagen, dass ich auch heute noch Dinge, die ich nicht in meiner Muttersprache gelesen habe, mir besser merken kann, wahrscheinlich, weil ich die Texte einfach langsamer und damit gründlicher lese. Da zu erwarten war, dass aktuelle Themen des letzten Vierteljahres wohl eher zur Sprache kommen könnten, legte ich hierauf besonderen Wert. In der Zeit der Vorbereitung fuhr ich wie immer morgens pünktlich in die Klinik und zog mich dann in ein kleines, abgelegenes Zimmer im obersten Stock der Klinik zum Lesen zurück. Für die Literatur sorgte die sehr hilfreiche Bibliothekarin der wissenschaftlichen Bibliothek der Frauenklinik.

Doch bevor ich in die Prüfung einstieg gab es noch ein Problem. Ich sprach zwar fließend Finnisch, machte aber beim Schreiben viele orthografische Fehler. Nun kann laut einer Verordnung jeder Finne in amtlichen Prüfungen wie Abitur, Staatsexamen und andere in seiner Muttersprache antworten. Also rief ich bei der Ärztekammer Finnlands an und fragte auf Finnisch, ob ich in meiner Muttersprache bei der Facharztprüfung antworten dürfte. Selbstverständlich, war die Antwort. Doch als ich dann ergänzte, meine Muttersprache sei Deutsch, trat auf der anderen Seite erst einmal ein großes Schweigen ein. Nach weiteren Rückfragen sagte man mir, ich möge doch die zwei prüfenden Professoren, die an anderen Universitätskliniken lehrten, fragen. Wenn die einverstanden seien, sei das so in Ordnung. Man nannte mir die Namen, die ich schon auf Kongressen auch persönlich kennengelernt hatte. Als ich sie anrief, war ihre Antwort, dass das ebenfalls für sie absolut in Ordnung sei. Schließlich müssten sie ja fast täglich wissenschaftliche Literatur auch in Deutsch lesen. Also schrieb ich fast sechs Stunden lang in Deutsch. In dieser Zeit kommen schon einige Blätter zusammen. Und meine Handschrift ist auch nicht immer leicht zu lesen. In einem großen Saal in der Stadt saßen wir mit etwa zwanzig bis dreißig Kandidaten wie beim Abitur weit voneinander verteilt. Das wäre eigentlich nicht nötig gewesen, denn nur eine Handvoll von diesen Prüflingen strebte an dem Tage den Facharzt für Gynäkologie und Geburtshilfe an. Alle anderen Ärzte waren Chirurgen, Allgemeinärzte, Kinderärzte, Hygieniker, kurz die ganze Bandbreite der medizinischen Spezialitäten. Nach ein paar Wochen bekam ich von der Ärztekammer mitgeteilt, dass ich die Prüfung bestanden hätte. Ob die beiden prüfenden Professoren meine Handschrift überhaupt in allen Teilen noch lesen konnten, und dann noch in Deutsch, bin ich mir nicht ganz sicher.

Das Sommerhaus, Mökki auf Finnisch

Ich komme auf die Zeit zurück, als wir noch in Kotka wohnten. Sämtliche Kliniken, in denen ich bisher gearbeitet
hatte, lagen am Wasser ebenso wie die Wohnungen für
das Personal. Jeder zweite Finne besitzt nicht nur eine
Sauna, sondern in jeder finnischen Familie gibt es auch
irgendwo auf dem Lande ein Sommerhaus oder ein altes
Bauernhaus, möglichst am Wasser, wo man seine Freizeit
und seinen Sommer verbringt. Entweder ist es erebt oder
später im Laufe des Lebens erworben oder auf neu er-
schlossenem Grundstück selbst gebaut. Ich selbst hatte
nun eine vollständige Familie und mir war klar, dass ich in
Finnland weiterhin leben und arbeiten wollte. So kam bei
uns beiden der Wunsch auf, uns ein Sommerhaus anzuschaffen. Da ich nicht mit dieser Sommerhauskultur aufgewachsen war, betrachtete ich dieses Unterfangen zunächst als einen Anfang, als eine Investition, als eine Art
der Ersparnis für spätere Pläne. Ich selbst träumte von einem Wohnhaus direkt am Wasser mit eigenem Bootssteg
direkt im Ort meiner Arbeit. Bei dem Gedanken an ein
Sommerhaus tauchte dann die Frage auf, sollte nun das
Grundstück am Meer, gegebenenfalls auf einer Insel oder
aber im Landesinneren an einem See sein, wo die Grund-
stücke leichter zu bekommen und auch heute noch billiger
sind. Denn je weiter man sich von der Hauptstadt Helsinki
entfernt und je weiter man nach Norden geht, desto nied-
riger werden die Grundstückspreise. Irgendwie erfuhr ich,
dass in Mittelfinnland an einem großen See namens Paasvesi jemand Land verkaufen wollte, nicht weit von Sirkkas

Geburtsort und Wohnsitz der Eltern Suonenjoki. Also fuhren wir von Kotka die rund dreihundertundfünfzig Kilometer nach Suonenjoki, um zunächst Sirkkas Eltern zu begrüßen. Von dort aus ging es zwanzig Kilometer auf einer Schotterstraße durch völlig einsames Waldgebiet Auf der ganzen Strecke nur drei bis vier Häuser, davon als letztes eine ehemalige Schule, wie man uns bei der Wegbeschreibung gesagt hatte. Nach einem weiteren Kilometer weiter sahen wir an einer Weggabelung ein halbhohes Gerüst für Milchkannen. Nun wussten wir, dass wir richtig gefahren waren. Dort ging es links ab und weiter zwei Kilometer über einen echten Knüppeldamm nur von der Breite eines Fuhrwerks. Links und rechts davon sumpfiges Moor und die Ausläufer eines Sees. Dann wurde der Boden wieder fester und nach ein paar hundert Metern sahen wir am Ende eines großen Erdbeerfeldes ein am See liegendes Bauernhaus mit Nebengebäude. Der Bauer und seine Frau traten aus dem Haus und begrüßten uns freundlich. Bald gesellte sich auch der Bruder des Bauern, ein sehr belesener Zimmermann und älterer Junggeselle, wie wir später erfuhren, zu uns. Auch ein paar frei herumlaufende „glückliche" Hühner, ein paar wild schnatternde Enten, die so alt waren, dass man sie auch nicht mehr schlachten wollte und schließlich der finnische Spitz „Nanna" schlossen sich der Begrüßung an. Und da fern ab von der Zivilisation herzlich wenig passierte, dauerte es auch nicht lang, bis der über achtzigjährige Großvater und dessen zehnjähriger Urenkel, der lieber mehr bei seiner Oma als bei seinen Eltern seine Zeit verbrachte, neugierig auftauchten. Damit hatten wir dann in nur kürzester Zeit sämtliche Bewohner des Hofes, unsere späteren Nachbarn unseres Sommerdomizils, kennengelernt. Nach kurzem Plausch bot sich der Bauer an, mich mit dem Boot entlang der Küste zu dem auf der anderen Seite der Halbinsel liegenden Sommerhaus des Verkäufers zu bringen. Von dem Eigentümer Littunen aus dem Wintersportort *Lahti* wurde ich freundlich begrüßt. Wir wurden uns schnell einig. Er war bereit, mir einen Teil seines Waldstücks am *Paasvesi*, einem etwa zwanzig Kilometer langen und fünfhundert Meter breitem See mit seiner sehr zerklüfteten Küste, abzutreten. Auch der Kaufpreis stimmte. Sodann gingen wir wieder auf der Landzunge zurück, an der ich gerade mit dem Boot längst gefahren war, diesmal zu Fuß in Richtung des Bauerhofes. Das war nicht ganz einfach, denn einen Weg gab es nicht und der Boden war durch viele große und kleine Felsensteine nicht gerade eben. Aber schließlich kamen wir an dem Platz an, der sich für mein zukünftiges Sommerhaus eignen könnte. Hier war das Gelände zum See hin nur schwach abschüssig. Auch gab es eine etwas höher gelegene Felsenansammlung, wohin ich das Haus bauen könnte. Geformt war das gedachte Grundstück wie eine kleine Halbinsel an deren einer Seite eine flache, mit Schilf bewachsene Bucht lag. Die meisten Bäume waren Birken. Deshalb benannten wir auch später das Grundstück bei der offiziellen Eintragung beim Katasteramt *„koivuniemi"*. *Koivu* heißt Birke und *niemi* heißt Halbinsel, also zu Deutsch „Birkenhalbinsel". Doch bevor eine Benennung passieren sollte, mussten wir es zunächst einmal abmessen. Also schritten der Verkäufer und ich von einem großen Stein am Wasser bis zu einer Anhöhe und dann wieder mit einem Schwenk abwärts bis zur Bucht. Jeder von uns beiden kam dabei auf eine Quadratmeterzahl von etwa zehntausend Meter, einem Hektar. Anschließend verfassten wir dann im Sommerhaus des Verkäufers einen handgeschriebenen Kaufvertrag, wie das in Finnland heute noch üblich ist , und besiegelten den Vertrag nach Kaufmannsart mit einem Handschlag. Im Vertrag war dann zu lesen, dass der Kaufbetrag umgehend zu leisten ist und dass nach der genauen Ausmessung durch das Katasteramt die zu viel oder zu wenig gezahlte Summe von den Geschäftspartnern auszugleichen sei. Doch nun kommt das Wunder. Die Messung von Amts wegen erfolgte erst etwa ein viertel Jahr später. Dort war dann zu lesen, dass es sich um das nun mit einer Katasternummer versehene Grundstück mitten im Wald an einem See, teils bewaldet und felsigem Untergrund mit einer Größe von exakt 10.000 (in Worten zehntausend) Quadratmeter handelte. Hiernach gab es auch nichts auszugleichen. Da kann man nur sagen: Chapeau! Sollte das Schrittmaß vom Verkäufer und von mir so präzise gewesen sein? Mir sollte es gleich sein. Ich denke aber, dass der Landvermesser niemals dort gewesen ist.

Nun galt es ein passendes Sommerhaus zu finden. Es sollte zur Landschaft und seiner Umgebung passen, aber auch die Haushaltskasse nicht allzu belasten. Bei der Baugenehmigung schreiben die Kommunen genau vor, wieviel Meter vom See rückliegend das Sommerhaus gebaut werden darf. Es wird streng darauf geachtet, dass von seewärts betrachtet, man so gut wie nichts erkennen kann, damit der Eindruck einer unberührten Küste erhalten bleibt. Sieht man also ältere Gebäude direkt am Wasser, so sind diese schon vor vielen Jahrzehnten gebaut worden, als es diese strengen Bestimmungen noch nicht gab. Genauso braucht man keine Angst davor haben, dass einem der Nachbar zu sehr auf die Pelle rückt. Auch da schreiben die Gemeinden einen Mindestabstand der Gebäude vor, der auch mal 200 und mehr Meter sein kann. Es passt aber auch zu der finnischen Seele, der einfach ihre Ruhe haben will. Ist dem Finnen dann nach einem Klönschnack, nimmt er sein Boot und rudert einfach zu seinem Nachbarn hin, nicht ohne ihm das auf irgendeine Weise vorher signalisiert zu haben. Das nenne ich Landschafts- und Persönlichkeitsschutz!

Beim Wälzen der Kataloge entschieden wir uns, es gleich auch winterfest zu bauen und für ein typisches Blockhaus mit einem großen Wohn-und- Schlafraum mit Kamin, einer kleinen Schlafkammer mit doppelstöckigen Betten, einer im Gebäude integrierten mit Holz zu beheizenden Sauna und einer größeren überdachten Terrasse mit Blick zum See. Die ganzen Bauteile bestellten wir bei der bekannten Firma Honka. Doch wie sollten die ganzen Holzstämme, die Balken, die Steine, die Dämmung und das sonstige Baumaterial auf das Grundstück kommen? Denn einen Weg dorthin gab es anfangs nicht, bis auf einen kleinen Trampelpfad durch den Wald, der erst im Laufe der Zeit entstand. Doch der Transport lief dann so ab, wie alle Finnen das in solcher Situation machen. Wir warteten den Winter ab. Das Baumaterial war schon im Spätherbst auf den Hof des Bauern geliefert worden. Nun galt es nur zu warten, dass es so stark gefroren hatte, dass ein großer Traktor samt beladenem Hänger „aufs Eis gehen konnte". Als der Trecker nicht mehr einzubrechen drohte, fuhr mein zukünftiger Nachbar alles in mehrfachen Touren über den See, um es dort vorerst zu lagern. In der Zwischenzeit hatten wir seinen Sohn, von Beruf Zimmermann, gefunden. Er wohnte in der Nähe in der alten Schule, hatte momentan keine Arbeit und war bereit, das Sommerhaus zu errichten. Ich erinnere mich nicht mehr, wer den Kamin, die Schutzmauer mit dem zweizügigen Schornstein für die Feuerstelle und den Saunaofen gemauert hat. Aber Finnen sind handwerklich Alleskönner. In der Bauphase merkten wir, dass die Holzstämme der Außenwand doch nicht so dick waren, dass sie bei über zwanzig Grad minus trotz Kamin als Wärmeschutz ausgereicht hätten. Da das Haus aber auch im Winter genutzt werden sollte, beschlossen wir, zusätzlich elektrische Heizungen zu installieren. Auch könnte man so einen kleinen elektrischen Herd betreiben. Doch woher mit dem elektrischen Strom? Der nächste Transformator in der unbewohnten, teils moorigen, teils felsigen Gegend war mehrere Kilometer weit weg. Doch die Elektrizitätsgesellschaft bewilligte meinen Antrag und legte quer durch diese schwer zu begehende Landschaft, quasi „über Stock und Stein" und See nur für mich eine Überlandleitung. Nun soll man annehmen, dass diese Leitung bestimmt sehr viel Geld gekostet hat. Aber es war genau das Gegenteil. Umgerechnet auf den heutigen Euro musste ich etwa eintausend Euro zahlen. In Finnland musste man zu der Zeit für den Anschluss an das Elektrizitätsnetz lediglich eine bestimmte Pauschalsumme zahlen, unabhängig davon, wie weit der nächste Transformator entfernt und wie schwierig das Verlegen der Leitung war. Mein Glück! Da aber das Haus in der zweiten Jahreshälfte nur selten genutzt wurde, hatte die Gesellschaft sicherlich kein Plus gemacht, auch nicht im Laufe der Zeit.

Im Frühjahr dann, das heißt ab Mai, denn bis dahin gab es immer noch Eis auf den Seen, konnte die ganze Familie, also meine Schwiegereltern und mein Schwager mit seiner Frau mitbeschäftigt werden, denn es gab noch viel tun. Das läuft in Finnland genauso wie in Bayern ab, wo alle Freunde und Nachbarn beim Ausbau eines Hauses helfen. Dafür gibt es im Finnischen sogar ein spezielles Wort, *talkoo,* was man mit Nachbarschaftshilfe gut übersetzen kann. Zwar war das gesamte Bauholz von der Firma druckimprägniert worden, aber das reicht nicht aus, wenn das Haus mindestens eine Generation stehen soll. Bei den finnischen Klimaverhältnissen mit den damals noch strengen Wintern musste ein Holzhaus in regelmäßigen Abständen mit einem Schutzfarbstoff gestrichen werden. Dabei streichen die Männer meist die großen Balken und Bohlen, während die Frauen sich lieber mit dem Streichen der Fenster beschäftigen. Doch das Haus allein reicht ja nicht aus. Man muss auch den Bootsmotor unterstellen und das Brennholz für den Kamin und die Sauna trocken lagern können. Das Allerwichtigste ist aber ein WC. Chemischen Toiletten waren zu der Zeit noch nicht bekannt oder auch einfach zu teuer oder nicht üblich. Stattdessen nutzte man ein richtiges Plumpsklo wie zu Zeiten meiner Urgroßeltern. Eine eigene kleine Kläranlage, wie sie meine Schwiegereltern hatten, hätte sich für unser kleines Haus bei so seltener Nutzung nicht gelohnt. Ein Plumpsklo aber will man ja nicht im Haus selbst haben, sondern möglichst entfernt und etwas abgesetzt. Mein Schwager Pentti und ich beschlossen, von den vielen nicht benötigten, noch lagernden oder herumliegenden Holzbauresten in einiger Entfernung zum Haupthaus einen kleinen Schuppen für Brennholz, Werkzeug und Bootsmotor samt Spritkanister mit einer abschließbaren Tür zu bauen. Hier integriert sollte dann das Plumpsklo mit einem Extrazugang entstehen. Also fingen wir an. Ich muss sagen, als wir damit fertig waren, waren wir richtig stolz auf unser Erstlingswerk. Es war zwar nicht so schön und auch nicht an jeder Stelle absolut dicht, aber das musste es auch nicht sein. Wenn der Wind da durchpfeifen konnte, trocknete das Holz besser. Das so gut belüftete Plumpsklo bekam unten eine Kiste, die man von hinten zur Leerung entfernen konnte. Mein Schwiegervater brachte mir bei, der ich bisher ein derartiges Klo nur in der Theorie kannte, den Kistenboden mit trockenem, Feuchtigkeit aufsaugendem Moos zu füllen. Und neben dem großen Sitzbrett mit einem großen Loch stellt man einen großen Eimer, gefüllt mit Kalk vermischtem Sägemehl, und dazu eine kleine kellenartige Schaufel. Nach jedem Toilettengang schüttet man dann ein oder zwei Kellen voll auf sein „Gemachtes" oder seine „Hinterlassenschaft". Auf Finnisch heißt das Wort *kakka,* nicht schwer zu merken. *Pissa* hatte der Leser ja schon gelernt. Übrigens sind diese Plumpsklos oft sehr romantische, nett geschmückte Orte. Die Hausfrau stellt manchmal einen Strauß Trockenblumen, im Sommer auch frische Wildblumen, in eine Ecke. An der Seite stehen auf einem Unterteller Kerzen und Streichhölzer, da es ja in Finnland in der zweiten Jahreshälfte schon früh dunkel wird. Auf einem kleinen Regal liegen alte und neuere Zeitungen der Yellow Press, für diejenigen, die gern eine längere Sitzung abhalten. Das geht aber nur im Sommer, denn bei zwanzig Grad minus wird einem der Hintern und das Gemächt doch ganz schön kalt, zu Deutsch, man friert sich den Arsch ab.

Jetzt fehlte nicht mehr viel. Ein Steg am See und ein Boot. Nachdem der Holzschuppen fertig geworden war, gingen wir dabei, einen Steg zu bauen. Dabei muss man aber beachten, dass ein ganzjähriger Steg im Frühjahr durch die Bewegungen der großen Eisschollen im See entweder lädiert wird oder aber auch ganz weggerissen werden kann und man ihn dann im Frühjahr nach den Stürmen am gegenseitigen Ufer vielleicht mit etwas Glück wiederfindet, wenn er nicht bestens verankert wird oder eine betonierte Unterlage hat. Ich entschied mich für einen kleineren Holzsteg, den man dann im Herbst auf das Ufer einfach hochziehen kann. Mein Schwiegervater, der viel in der Region herumgereist war, kannte einen Bootsbauer. Da ihm mein kleines Plastikboot zu unsicher war, hatte er bei dem Bootsbauer gleich zwei größere Ruderboote zum Bau in Auftrag gegeben. Das eine Boot bekam Sirkkas Schwager, der etwa zur gleichen Zeit wie ich auf der gegenüberliegenden Seeseite vom selbst geschlagenen Wald ein Haus bauen wollte, was aber seine Zeit nahm, das andere Boot schenkte er mir. Das Holzplankenboot von circa 8 bis 10 Meter Länge war nicht nur sehr stabil, sondern man konnte auch bei größerem Wellengang sicher auf dem großen See sein. Zunächst benutzte ich einen fünf PS Johnson Bootsmotor. Später kam ein stärkerer Motor der Marke Evinrude dazu. Das Geld zu diesem hatte ich mir in Kotka bei einer Vertretung verdient. Da zum Zeitpunkt der Erbauung unseres Sommerdomizils meine Kinder noch nicht schwimmen konnten, Christina war zwei und Johan vier Jahre alt, ließ mein Schwiegervater im folgenden Winter an der Spitze des halbinselartig geformten Grundstückes auf das Eis mehrere Fuder Sand fahren, so dass für die Kinder dann im nächsten Sommer ein schöner flacher Sandstrand dort entstanden war.

In den nächsten Jahren verbrachten wir dort nicht nur unsere Sommerurlaube und auch einmal unseren Winterurlaub, als wir später in Deutschland wohnten, sondern wir fuhren auch an Wochenenden von Kotka, später von Vantaa bei Helsinki mal eben so dreihundertfünfzig Kilometer jeweils hin und zurück, um dort ein Wochenende zu verbringen. In Deutschland kann man sich das nicht vorstellen, aber in diesem Punkte unterschieden wir uns keineswegs von allen anderen Finnen. Entfernungen spielen dort nicht so eine Rolle, da wegen des geringeren Verkehrs das Fahren nicht so stressig ist. Man wird auch nicht ständig überholt, da die Strafe ein Vermögen kosten kann. Als wir später von Deutschland anreisten, war die Schiffsreise mit der „Finnjet" für uns alle jedes Mal ein echtes Erlebnis und Teil unseres Urlaubes. Waren wir im Sommerhaus lange nicht gewesen, war der Trampelpfad zum Grundstück sehr schnell zugewachsen. Um diesen dann überhaupt vom Hauptweg aus zu finden, hatte ich an einer Stelle in zwei bis drei Meter Höhe an einen Baum ein auffallend blaues Band gebunden, das mir signalisierte, hier an dieser Stelle muss man abbiegen. Später entstand dort dann doch noch ein kleiner Privatweg zum Grundstück, der aber nur in Ausnahmefällen genutzt wurde. Aus Deutschland mitgebrachte Ahornsprösslinge wuchsen wegen der Witterungsverhältnisse nicht an. Aber es war einen Versuch wert. Von diesen schönen Zeiten in unserem Sommerhaus zeugen unzählige Fotos und Kurzfilme. Diese Urlaube sind auch meinen Kindern in ewiger Erinnerung geblieben. Ich will hier nicht alles beschreiben, da es den Rahmen sprengen würde und deshalb nur von Einigem eine Kurzfassung geben. Was macht man im Sommer in Finnland im Urlaub, könnte ich auch fragen. Die kurze Antwort lautet, man fischt, man sucht Pilze, man pflückt wilde Himbeeren, man sammelt Blaubeeren, später Preiselbeeren, man geht in die Sauna, man schwimmt im klarem Wasser eines Sees, man hackt Holz für den Kamin und die Sauna, man streicht die Fensterrahmen, man repariert etwas am Haus oder Schuppen, man rudert, man beobachtet den Sonnenauf - oder untergang und die Wasservögel, man brutzelt Würste am offenen Feuer oder im Kamin, man geht oder fährt mit dem Boot zum sehr gut sortiertem „kauppa*auto*", worunter ein mobiler Kaufmannsladen zu verstehen ist, und vieles mehr. Dazu gehört aber auch, dass man im Frühjahr das Haus aus der Winterverpackung gewissermaßen auspackt und im Herbst es wieder einpackt. Bestimmt habe ich noch einige Punkte vergessen. Aber der Leser merkt, ein Urlaub in einem Sommerhaus in Finnland heißt auch Aktivurlaub, obwohl es das auch gibt, nur die Füße hochlegen und ein gutes Buch lesen. Denn im Lesen sind die Finnen absolute Spitze.

Auf einige Punkte möchte ich näher eingehen, auch deshalb, weil sie einfach zu Finnland gehören.

Dass Finnland das Land der tausend Seen ist, eigentlich sind es ja zehn- oder hunderttausend, je nachdem welche Größe man ansetzt, ist ja allgemein bekannt. Aber viele Mitteleuropäer wissen nicht, dass ein Großteil dieser Seen so sauber ist, dass man das Wasser ungekocht oder gefiltert so trinken kann. Unsere Tochter Christina trank aus der Nuckelflasche das Wasser aus dem See samt Blütenstaub und was sonst so darin schwamm. Wichtig ist ja die

Bakterienkeimfreiheit. Als ich in Unkenntnis dieser Tatsache kurz nach dem Kauf des Grundstücks am See etwas Wasser zum Hygieneinstitut in Helsinki mitnehmen wollte, schüttelte mein neuer Nachbar Kauko nur mit dem Kopf, das sei nicht nötig. Da er mit dem gleichen Wasser auch die Milchkannen reinigte, würden von der Molkerei auch regelmäßig Proben abgenommen. Einen Brunnen also brauchten wir nicht. Unser See war etwa ein Viertel so groß wie der Bodensee und sowohl am Ufer als auch durch vielen kleinen Inseln sehr zerklüftet. In unmittelbarer Nachbarschaft lagen zwei große Seengebiete, das *Kalave*si, auf dem nicht nur Holz bis nach Lappeenranta transportiert wurde, sondern auch Passagierschiffe fuhren. Auf der anderen Seite lag das *Suontee Vesi,* in dem wegen seiner Tiefe es noch mehr kleine Maränen gab als in unserem Gewässer. Damit wären wir beim Thema Fischen. Ich hatte mit dem Kauf die Fischereirechte erworben. Ohne diese darf jeder Bürger und Tourist in Finnland zwar mit einer Angelerlaubnis, die man für einen Zehner im Postamt erwerben kann, überall bis auf ganz wenige Ausnahmen angeln. Es ist aber nicht erlaubt, Reusen oder Netze auszuwerfen. Hat man aber die Fischereirechte für ein bestimmtes Gebiet, ist man auch anders als in Deutschland ohne eine Angler- oder Fischereiprüfung Mitglied des lokalen Wasser- und Fischverbandes, den man aktiv oder passiv durch Geldzuwendungen unterstützt. Mit Rat und Tat durch meinen Schwager unterstützt kaufte ich mir ein paar Fischnetze. Dabei lernte ich, welche Größe die Netze selbst haben sollten und wie groß die Maschen sein durften, wobei man sich danach richtet, was man wann, in welcher Tiefe und zu welcher Jahreszeit fangen will. Aber nicht nur mein Schwager, auch mein

Nachbar gab mir sehr viele Tipps. Wenn auch sonst Finnen selten verraten, wo es viele Pilze oder Fische gibt, so stellte ich als Hobbyfischer, der nur für ein paar Wochen fischte, für ihn und die wenigen anderen ständigen Anbewohner des Sees keine Konkurrenz dar. Und Fische gab es in dem See genug. Wenn zu viel für unseren Eigenbedarf in die Netze gegangen war, beglückte ich meine Schwiegermutter, die die frischen Fische dann in der Tiefkühltruhe einfror. Wenn ich meinen Nachbarn auf der anderen Seite meiner Bucht an seinem Steg räuchern sah, nahm ich meinen Fang Maränen und Barsche und gesellte mich dazu. Dann standen wir an seiner selbst gebastelten großen Räuchertonne und warteten, gegenseitig die tollsten Geschichten erzählend, dass seine und meine Maränen langsam eine goldene Farbe annahmen, während uns der Rauch des geraspelten Erlenholzes durch die Nasen strich. Irgendwo tauchte wie aus dem Nichts eine Flasche Wodka auf. Na dann „ *kippis*" auf den Fang, zu Deutsch „Prost". Von *Kauko* lernte ich, dass eine winzige Prise Zucker kurz vor dem Ende des Räucherns den Fischen eine besondere Farbe gibt. Die Maränen gehören zu den Salmoniden, also den Lachsarten. Sie gibt es nur in absolut klaren, tiefen und kalten Binnengewässern. Sie sind unterschiedlich groß. Bei uns hatten sie etwa die Länge einer ausgestreckten Hand. In Lappland aber sind sie noch kleiner als Sardinen. Diese werden dann ganz nur in gesalzenem, grobem Roggenmehl gewälzt und anschließend in einer großen Pfanne mit gesalzener Butter gebacken. Sollte man so eine Fischpfanne mit diesen kleinen Fischen auf einem Markt sehen, sollte man unbedingt zugreifen. Das ist hier auch wörtlich gemeint, denn sie werden warm direkt mit der Hand gegessen.

Wahrscheinlich liegt es am hohen finnischen Stunden-
lohn, dass mit Ausnahme von Steinpilzen nach Frankreich
und Italien so wenige Pilze nach Deutschland exportiert
werden, im Gegensatz zu Polen und den baltischen Ländern. Denn Pilze gibt es vom Sommer bis in den frühen
Herbst hinein so viele, dass die Finnen den gesamten
deutschen Markt beliefern könnten. Leider habe ich als
Kind das Pilzsuchen nicht gelernt und war deshalb vorsichtig und sammelte nur die, die ich wirklich kannte, von
denen ich wusste, dass sie wirklich ungefährlich sind. Dabei gibt es auch Sorten, die in verschiedenen Ländern unterschiedlich beurteilt werden. Es gibt auch Pilze, wie ich
heute weiß, die Jahrzehnte lang gegessen werden, ohne
dass man angeblich krank wird. Aber dann auf einmal
funktionieren nach dreißig Jahren die Nieren nicht mehr.
Ich kenne nur den unverwechselbaren Pfifferling und den
Steinpilz, bei dem ich mir aber nicht immer sicher bin. Und
nur die beiden Sorten habe ich gesammelt. Letzteren aber
nur selten. Meine Frau und meine Schwiegermutter kannten noch eine andere Art, von der man abgekocht einen
herrlichen Pilzsalat machen kann. Sehr schnell lernte ich,
wie und wo Pfifferlinge zu suchen sind. So schaue ich auch
heute in bestimmten Regionen bei der Pilzsuche nicht
nach unten, sondern zuerst nach oben und sehe mir dabei
die Baumart und die Vegetation an. Daran kann man
schon erkennen, ob dort überhaupt Pilze wachsen könnten. Findet man dann ein oder zwei Pfifferlinge, sollte man
ruhig intensiver gucken oder einfach sich einmal umdre-
hen, denn Pilze wachsen meist in Gruppen und bilden dabei Kreise von bis zu mehreren Metern Durchmesser.
Manchmal fragten wir uns am Tag, was wir abends essen
wollten. Die Antwort war dann oft, eine Pfifferling-Pfanne.

Dann schnappte ich mir einen Korb, ein Messer und zog los. Als Johan und Christina größer waren, kamen sie auch mit. Denn Kinder sind im Auffinden von Pilzen besonders gut. Liegt es daran, dass sie mit den Augen dichter am Boden sind? Da wir oft unsere guten Plätze kannten, hatten wir in einer halben Stunde den Korb fast voll. Ausreichend für vier Personen. Aber Nachtisch sollte es ja auch geben. Mit der Zeit weiß man nicht nur, wo Pilze zu finden sind, sondern wo auch die wilden Himbeersträucher wachsen. Die wilden sind zwar kleiner genauso wie die Walderdbeeren, die man auch findet, beide sind aber sehr viel aromatischer als die gezüchteten Sorten. Blaubeeren gibt es ebenfalls reichlich, allerdings nicht in jedem Jahr. Die Finnen pflücken sie aber nicht einzeln mit den Fingern, sondern, weil es am einzelnen Strauch Beeren so reichlich gibt, benutzt man eine kammartige Schaufel, mit der sich der Eimer schnell füllt. Man hat dann zwar mehr kleine Blätter im Eimer, aber die sortiert man anschließend auf einem siebartigen Brett schnell aus. Beides, Himbeeren und Blaubeeren auf eine Dickmilch, auf Finnisch *Viili* genannt, schmecken dann besonders gut.

Erst als ich wieder in Deutschland lebte, merkte ich, was wirkliche Ruhe heißt. Die gibt es nämlich wohl in ganz Mitteleuropa nicht mehr. Immer kommt von irgendwoher ein Geräusch, auch wenn man auf einem einsamen Feld steht. Mal ist es ein Flugzeug in mehreren tausend Metern Höhe oder mal in der Ferne die Eisenbahn. In unserem Sommerhaus aber waren nur die Stimmen der Natur, das Geschrei eines Wasservogels, das Brechen eines Astes zu hören. Und am See übertrugen sich die Stimmen oft kilometerweit. Auch erkannte man sie sofort. Nahte über den Knüppeldamm ein Auto, hörte man es schon von weitem. Deshalb konnte auch niemand unbemerkt kommen, da es nur einen Weg gab, der zum Bauernhaus führte. Jeder kannte sofort den Bootsmotor eines jeden am See lebenden oder Urlaub verbringenden Menschen. Manchmal lag ich morgens um fünf Uhr noch im Bett und hörte, wenn mein Nachbar, dessen Hof nicht gerade um die Ecke war, mit seinem Boot zum Fischen fuhr. Dann stand ich auf und verfolgte von der Terrasse aus mit einem Fernglas, wohin er fuhr. Denn all seine besten Fanggründe hatte er mir dann doch nicht verraten.

Nachdem wir viele schöne Sommerurlaube und auch einmal einen Winterurlaub dort auch später von Deutschland aus verbracht hatten, musste ich leider unser Domizil verkaufen. Darüber wird im dritten Teil meiner Erinnerungen zu berichten sein.

Deutschland oder Finnland?

Deutschland oder Finnland? *Sitä on kysymys,* das ist die Frage. Meine Facharztausbildung hatte ich erfolgreich beendet. Ich hatte eine Familie und besaß ein winterfestes Sommerhaus in Mittelfinnland. Wir wohnten in einer nicht besonders schönen, kleinen Mietswohnung in einem Vorort von Helsinki. Nun mussten Sirkka und ich uns entscheiden, wo wir für immer oder auch nur für die nächsten Jahre zukünftig leben wollten. Arbeit in meinem Beruf gab es wegen des Ärztemangels genug. Aber nicht gerade dort, wo wir gerne gelebt hätten und wo ich eine feste Anstellung als Oberarzt mir gewünscht hätte. Auf der einen Seite waren wir zufrieden, andererseits aber hatten wir auch unsere Sorgen. Sirkka hätte, wie das in Finnland völlig normal ist, gern wieder in ihrem Beruf als Krankenschwester gearbeitet. Aber zu der Zeit bekam man keinen Platz im Kindergarten, wenn man zur mittleren Einkommensgruppe gerechnet wurde. Eine private Betreuung hätte sich nicht gerechnet. Verwandte hatten wir nicht in der Nähe. Ich selbst versuchte gegen die damals herrschende siebzehnprozentige Inflation gegenanzukämpfen. Wenn ich heute von einer Inflation von zwei Prozent höre, kann ich nur lächeln. Viele Menschen wissen überhaupt nicht, was es heißt, wenn sich auch die Grundnahrungsmittel von Tag zu Tag wirklich sichtbar an den Preisschildern verteuern. Ich versuchte dagegen an zuarbeiten und begab mich nach der Klinikarbeit entweder in die Praxisräume im Ärztezentrum mitten in Helsinki gegenüber vom Kaufhaus Stockmann, wo es auch nach vierzig Jahren immer noch existiert, oder fuhr rund vierzig Kilometer bis

Porvoo, um dort Patientinnen zu untersuchen und zu behandeln. Wenn ich Pech hatte, kam ich abends erst gegen 21 Uhr im tiefsten Schneesturm heim. Dann war ich so kaputt, dass ich vor dem Fernseher einschlief, obwohl der deutsche „Tatort" mit finnischem Untertitel lief. Auch ahnte ich, dass auf mich wegen der erhöhten Nebenarbeit eine hohe Steuernachzahlung zukommen würde. Gern wäre ich nach Porvoo in das Kreiskrankenhaus zurückgegangen. Aber zu der Zeit war auf der Gynäkologie keine Planstelle frei. Für eine begrenzte Zeit wollte ich auch gern nach Deutschland zurückgehen, damit meine Familie auch mein Land und seine Kultur kennenlernen und gleichzeitig auch die deutsche Sprache erlernen könnte. Zwar verstand Sirkka diese gut und las auch eifrig meine Wochenzeitungen wie den „Stern" und andere, aber sie konnte sich nicht sprachlich auf Deutsch ausdrücken, da man damals in den Schulen nur übersetzte, aber nie das Sprechen lernte. Und wie es um Johan stand, habe ich vorstehend schon beschrieben.

Meine Fühler aber hatte ich schon vorher in Richtung Deutschland ausgestreckt. Da war einmal der Chef einer großen Bielefelder Klinik, der eine Zeitlang in Helsinki hospitiert hatte. Er bot mir mehrmals eine Oberarztstelle an. Doch aus seinen Sprüchen und seinem Gehabe damals in Helsinki konnte ich entnehmen, dass er daheim in seiner eigenen Klinik genau das Bild eines selbstherrlichen und eitlen Chefarztes abgab, wie man es sich keinesfalls wünscht. Im Sommer 1976 auf dem Jahreskongress der Deutschen Gynäkologischen Gesellschaft in Hamburg, bei dem ich viele alte Bekannte aus meiner Hamburger Zeit traf, hörte ich, dass in Cuxhaven der Chef händeringend einen Oberarzt suchte. Er selbst war auf dem Kongress nicht anwesend. Aber wir kannten uns locker zumindest vom Namen her aus früheren Zeiten. Auch bestätigte man mir, dass er im Gegenteil zu dem Bielefelder Arzt ein sehr freundlicher Mann ohne Allüren sei. Zurück in Helsinki schrieb ich ihn an und fragte ihn, ob an dem Gerücht der Suche etwas dran sei, was er bestätigte. Nachdem er sich wohl auch bei meinem alten Freund und Professor in Hamburg über mich erkundigt hatte, bat er mich, doch zu einem Vorstellungsgespräch nach Cuxhaven zu kommen, der Krankenhausträger, die Stadt Cuxhaven, würde auch meinen Flug und die Übernachtung bezahlen. In Finnland besaß ich nur eine klitzekleine Deutschland-Karte, auf der Cuxhaven an der Elbmündung kaum zu erkennen war. Ich dachte mir, das liegt ja nicht weit weg von Hamburg, sagte mein Kommen zu und buchte den Flug Helsinki-Hamburg und zurück.

Die erste Nacht schlief ich bei meinem alten Freund Willi und seiner Frau Elke in Hamburg- Wellingsbüttel. Elke lieh mir ihren kleinen Renault. Da ich keine Straßenkarte besaß, dachte ich, wenn ich immer an der Elbe linksseitig flussabwärts fahre, käme ich wohl in Cuxhaven an. Doch die Strecke zog und zog sich hin und wurde immer länger. Zu allem Unglück fing es im November unüblicherweise auch noch zu frieren an und die Straßen wurden spiegelglatt. Auf dieser Reisetour lernte ich zum ersten Mal das „Alte Land" kennen. Nur wegen der extremen Wetterverhältnisse hatte ich keinen Blick für die schönen alten großen Bauernhäuser übrig. So fuhr ich tatsächlich, ich mag es überhaupt nicht beschreiben, weiter gen Norden immer brav am Fluss entlang bis nach Freiburg an der Elbe, um erst am Nachmittag in Cuxhaven anzukommen. Die Wegstrecke Hamburg-Cuxhaven hatte sich in meiner Streckenunkenntnis fast verdoppelt. Ich meldete mich im Krankenhaus. Man nannte mir das für mich reservierte Hotel und wir verabredeten uns für den folgenden Vormittag. Das Stadtkrankenhaus gefiel mir von der Größe und besonders mit meinem zukünftigen Chef verstand ich mich sofort sehr gut. Die Stadt würde mir bei der Wohnungssuche helfen, hieß es. Da es ein kommunaler Arbeitgeber sei, gäbe es auch keine Schwierigkeiten mit den Papieren, insbesondere mit der Arbeitserlaubnis. Wir einigten uns auf einen Arbeitsantritt zum ersten Februar 1977. Nach einer netten Unterhaltung bei einer Tasse Kaffee über alte Hamburger Zeiten verabschiedete ich mich und fuhr diesmal nach Hamburg über den kürzesten Weg zurück, so wie man ihn mir in Cuxhaven beschrieben hatte, immer der Bundesstraße entlang bis Hamburg-Harburg. In Hamburgs Innenstadt bemühte ich mich, für meine Familie die gewünschten Mitbringsel für meine Frau und meine beiden Kinder noch zu finden. Nach zwei Stunden Flug mit einer DC, die damals noch im Flugverkehr eingesetzt wurden, begrüßte mich freudestrahlend die ganze Familie am Flughafen Helsinki, der nicht weit von unserer Wohnung in Vantaa lag. Nur noch ein paar Wochen und die letzte Weihnachtsfeier in Finnland stand vor der Tür. Im Januar 1977 waren wir dann nur noch mit dem Packen beschäftigt. Am Ende des Monats schifften wir uns ein. Davon und von der Zeit danach bis heute soll im dritten Teil meiner Erinnerungen berichtet werden.

Im Herbst 2017

Diethard Friedrich

Weitere Veröffentlichungen des Autors:

Biografie: „Kein langweiliges Leben", Tredition Verlag:
Teil 1, Woher ich komme, wohin ich ging, 1938-1969, ISBN 978-3-7439-7364-0 u. weitere.
Teil 3, Zurück in Deutschland, 1977-2017, ISBN 978-3-7439-7368-8 u. weitere.
„Reisen mit dem Traktor", Tredition Verlag, IBSN 978-3-7439-8578-0 u. weitere

Ich danke Frau Carmen Gohde und Herrn Dr. Eckart Rössler für die kritische Unterstützung beim Abfassen meiner Biografie.